L'Amour de Saul

Héros à louer, tome 8

Dale Mayer

L'Amour de Saul, Héros à louer, tome 8
Beverly Dale Mayer
Valley Publishing Ltd.

Copyright © 2017

Traduit de l'anglais par Sarah Laurent et Valentin Translation

Il s'agit d'une œuvre de fiction. Les noms, les personnages, les lieux, les marques, les médias et les incidents mentionnés sont le produit de l'imagination de l'auteur ou utilisés de manière fictive. Toute ressemblance avec des événements, des lieux ou des personnes, existant ou ayant existé, est entièrement fortuite.

ISBN-13 : 978-1-778864-77-3
Format Print

Résumé

Saul est un homme qui connaît l'inestimable valeur d'un véritable ami. Aussi, lorsque *Legendary Securities* lui demande de retrouver Daniel, le frère disparu de Benji, il n'hésite pas une seconde à accepter la mission. En creusant la piste, Saul se rend compte que Daniel pourrait bien être impliqué dans des choses bien plus graves que le fait d'éviter les appels téléphoniques de son frère.

Rebel, de son côté, hante l'appartement de Daniel, à la recherche de son ami disparu. Lorsque les cadavres commencent à s'accumuler, elle est terrifiée à l'idée qu'il soit la prochaine victime. Mais Rebel n'est pas du genre à rester les bras croisés à attendre que le pire se produise, ex-SEAL ou pas.

Elle fait comprendre à Saul que, s'il ne s'écarte pas de son chemin, elle lui passera sur le corps.

Pour d'autres, ce serait peut-être une menace. Pour Saul, c'est une promesse qu'il désire qu'elle tienne… de préférence avant que la situation délicate de leurs amis n'explose et ne les élimine tous.

Inscrivez-vous ici pour être informés de toutes les nouveautés de Dale !
https://geni.us/DaleNews

Chapitre 1

S AUL KRESCHNER PÉNÉTRA dans l'enceinte, le pick-up chargé de provisions. Il avait fait un saut à Houston pour récupérer quelques pièces dont Ice avait besoin pour l'un des hélicoptères. Alors qu'il ralentissait et s'arrêtait sur le côté, il fronça les sourcils en observant l'activité frénétique autour de lui. Quelque chose se tramait. Il savait que deux équipes partaient ce jour-là, mais cela n'expliquait pas les regards sévères sur les visages. Il ouvrit la portière, descendit du véhicule et se dirigea vers l'endroit où Levi discutait avec Merk.

Levi se tourna vers Saul.

— Prépare-toi, nous partons dans vingt minutes.

Saul acquiesça.

— Où ?

— Côte ouest. Benji, un de nos amis de l'ancienne unité, a perdu son frère. L'équipe part pour lui prêter main-forte.

Saul acquiesça.

— Je vais faire mes bagages.

Il se précipita à l'intérieur et se dirigea vers sa chambre. Il n'avait jamais entendu parler du frère de Benji, mais se concentra sur ce qu'il en savait. Comme Levi était légendaire, quiconque lui était associé était notoire. Benji l'était un peu plus que la plupart. On disait que le gars était massif, plus grand que Stone. Mais avec ce visage de bébé énorme, il était censé avoir un sourire angélique capable de faire tomber les vêtements de n'importe quelle femme. Saul n'avait jamais rencontré Benji en personne ; il savait simplement que l'homme était un putain de SEAL. C'était suffisant pour lui.

Lorsqu'un des leurs avait besoin d'aide, ils répondaient tous à l'appel.

L'association personnelle de Benji avec Levi et Ice signifiait que tout le reste serait laissé de côté pour les épauler, lui et son petit frère. Les autres missions de sécurité étaient du business, mais cela, c'était une affaire d'amis et de famille, ce qui représentait tout pour les SEAL. Les proches des gars avec lesquels ils servaient étaient également inclus. Pour les SEAL, la fraternité était primordiale.

Saul fut dans la cuisine en quinze minutes et y trouva Alfred occupé à préparer des paniers. Il déposa son sac de voyage près du coin repas.

— Je suppose que c'est pour moi, pas vrai ?

Alfred pointa les muffins et le café.

— Vous serez en vol dans une heure, alors tu peux prendre une collation si tu en as besoin, mais ceux-ci sont pour les autres.

Saul acquiesça.

— Je ne sais pas comment tu fais, Alfred. N'est-il pas temps que tu embauches quelqu'un à plein temps pour t'aider ici ?

— Peut-être, dit Alfred avec un demi-sourire. J'ai une nièce à qui je pensais demander. J'en parlerai peut-être à Levi.

— Si elle est comme son oncle, elle devrait bien se débrouiller.

— Oui, acquiesça Alfred en hochant la tête. Mais je ne suis pas sûr que ce serait prudent pour elle. Il y a beaucoup d'hommes célibataires ici. Et à la vitesse à laquelle ils se mettent en couple, elle pourrait être vue comme étant disponible, alors qu'elle ne l'est pas. Pas encore.

— Tu as peur qu'elle sorte avec l'un de nous, ou qu'elle arrive trop tard pour y parvenir ? plaisanta Saul.

Il savait aussi bien qu'Alfred que tous les hommes ici étaient de braves types.

Alfred rit.

— C'est un ange venu du ciel, un vrai trésor, et elle serait bénie d'appartenir à cette famille. Cependant… le timing risquerait d'être mauvais pour elle.

Même si Saul aimait penser que n'importe quelle femme serait heureuse d'être ici avec lui, il n'était pas assez arrogant pour le dire. Il faisait partie des mecs célibataires. Dakota également. Le frère de Sierra, Jarrod, avait fait des allers-retours plusieurs fois, en visite. Il était toujours célibataire. À la vitesse à laquelle la société de Levi élargissait son effectif, Saul ne serait pas surpris qu'une dizaine de gars supplémentaires les rejoignent.

Il récupéra son sac de voyage, attrapa une tasse de café et deux muffins, puis sortit. Dakota était déjà dans le pick-up. Après avoir placé son sac à l'arrière, Saul sauta à l'intérieur. Merk se tenait à proximité, parlant à Levi et Ice. Saul pouvait à peine entendre leur conversation.

— Nous serons en contact avec les autorités locales à San Diego au besoin, et installerons probablement notre base dans l'un des hôtels habituels, déclara Merk. Je ne veux pas déranger Richard avec ça si ce n'est pas nécessaire.

— Mon père n'est pas en ville, lui répliqua Ice pendant que Saul écoutait. Il est à une conférence à Genève. Foster a dit qu'il vous laisse la maison. J'envoie quatre hommes — Saul, Dakota, toi et Stone. Mais au cas où cela se révélerait être quelque chose de mineur, j'ai quelques autres problèmes à examiner quand vous y serez.

Saul fronça les sourcils. Ice souhaitait-elle vraiment tirer profit de leur temps sur la côte ouest ? Ou se passait-il quelque chose d'autre ? On leur avait confié plusieurs enquêtes en Californie dernièrement. Il avait été heureux de déménager au Texas après l'affaire Harrison. Il avait effectué plusieurs missions pour Levi depuis, et ce serait sa première chance de retourner en Californie. Il espérait rendre visite à sa mère, mais elle était en croisière cette semaine-là. Il n'y avait plus qu'eux deux maintenant. Il n'aimait pas la voir seule aussi souvent, même si apparemment elle appréciait son mode de vie, qui incluait beaucoup de voyages. Ils restaient en contact par téléphone, donc il avait conscience qu'elle ne lui manquait pas.

— Quels problèmes ?

— Un coup d'œil à quelques nouvelles recrues.

En tant que l'une des deux dernières recrues de l'équipe, Saul fut surpris. Mais il devait admettre que Levi était incroyablement occupé.

— Si vous cherchez plus de gars, j'ai quelques amis que vous devriez considérer. L'un a pris un congé médical, mais est depuis sur pied – c'est Kris. Et Theo est parti juste après Saul et moi.

— C'est bon à savoir. Je ferai des recherches sur eux deux pendant que vous serez partis. Nous en parlerons à votre retour, déclara-t-elle en souriant. Vous n'aurez peut-être pas à rencontrer les hommes en Californie alors. Nous verrons comment ça se passe.

Merk s'approcha, puis jeta un coup d'œil à Dakota et lança :

— Je vais conduire.

Dakota acquiesça et sauta à l'arrière du pick-up à double cabine. Saul savait déjà comment cela fonctionnait. Il vit Stone s'approcher et quitta son siège pour rejoindre Dakota.

Stone leva un sourcil.

— Tu n'avais pas à faire ça.

Saul haussa les épaules et répliqua avec un sourire :

— Nous, les débutants, essayons de traiter nos aînés avec respect.

Stone rit.

— Content de constater que tu connais ta place.

Une fois en mouvement, Stone distribua plusieurs feuilles de papier.

— Voici ce que nous savons. Et c'est bien peu. Benji a reçu un appel de son frère à 23 h il y a deux nuits. Tout semblait normal, et ils avaient prévu de se retrouver pour le petit-déjeuner le lendemain matin. Lorsque Benji est arrivé, son frère ne s'est pas montré. Il a téléphoné, mais n'a eu aucune réponse. Il s'est rendu à son appartement ; encore une fois, pas de réponse. Soit il avait sauté le petit-déjeuner, soit il avait simplement oublié. Benji ne s'en était pas vraiment inquiété à ce moment-là. Il a continué à appeler, à envoyer des textos et s'est de nouveau rendu chez lui en fin de journée. Finalement, il a forcé l'entrée et a trouvé le logement complètement vide. Totalement nettoyé, prêt à être loué à quelqu'un d'autre. Son frère y était venu vingt-quatre heures plus tôt. Benji l'avait vu de temps en temps les mois précédents et était même allé chez lui. Tout était normal. Il a contacté la police, leur a signalé la disparition de son frère, et les flics ont fait intervenir la police scientifique. Aucun mot sur les éventuelles preuves qu'ils auraient trouvées à ce moment-là.

Saul le fixa des yeux.

— Est-ce que nous sommes certains que c'est son frère qui l'a appelé ?

Stone sourit.

— Bonne question. Benji le croit. C'est son numéro qui apparaissait. Mais était-ce Daniel qui parlait ? l'interrogea-t-il en haussant les épaules. Nous devons élucider ça.

— Benji est-il en danger ?

— Il est avec les gradés en ce moment. Il devrait s'en sortir sans encombre, et il doit partir aujourd'hui pour une autre mission. Pour rester tranquille et éviter les ennuis, il doit absolument y aller. Par conséquent, il a fait appel à la meilleure solution de remplacement, c'est-à-dire nous.

— Très bien. Alors, qui est son frère ? le questionna Saul. Que fait-il dans la vie ? Et pourquoi diable aurait-il pris la fuite en laissant Benji sans lui dire quoi que ce soit ?

Dakota, assis à côté de Saul, demanda :

— Quelles sont les bases ? Frère cadet, frère aîné, quel âge, mêmes parents ou demi-frère ? Que savons-nous ?

Il parcourut les documents qu'il tenait dans les mains.

— Tout cela manque sur ces feuilles.

Saul étudia les quelques pages attachées dans ses mains.

— C'est un programmeur ?

— Oui, confirma Merk. Et cela rend toujours notre travail beaucoup plus difficile.

Saul acquiesça. Si Daniel était un bon programmeur, était-il en mesure d'effacer ses traces ?

— Donc, nous devons déterminer s'il est parti de son plein gré, s'il pensait que c'était sa seule option, ou s'il a été kidnappé.

— Ou assassiné, murmura Merk. Je connais Benji depuis que nous sommes enfants. Son frère a toujours flirté avec les limites de la loi. Il semblait se reprendre, mais de temps en temps, il retombait du mauvais côté.

— Par conséquent, cela pourrait être aussi simple qu'une transaction de drogue qui aurait mal tourné, si le frère est impliqué, ou une liaison avec la mauvaise femme mariée.

— Et ces deux cas de figure ont posé des problèmes à Daniel dans le passé, renchérit Stone. Nous connaissons Benji depuis longtemps. À cause de cela, tous les membres de sa famille finissent par faire partie de notre groupe d'une manière ou d'une autre.

— Daniel, à l'opposé de Benji, est tout sauf patriote. Il est le genre de gars qui n'aurait pas réussi dans l'armée. Il est complètement indiscipliné, un peu imprévisible, toujours en désaccord avec l'autorité et ne croit pas que les règles s'appliquent à lui, ajouta Merk.

— D'accord, il n'y a donc rien de positif sur ce type ? demanda Dakota.

— C'est un bon père, admit Merk. Il a un enfant de quatre ans. Bien que Daniel ne vive plus avec la mère, il lui verse une pension alimentaire et est très impliqué dans la vie du petit. Il lui rend visite tous les quinze jours, et le récupère et l'emmène à l'école lorsque sa mère ne peut pas. Ils jouent au football ensemble, et il l'a fait rejoindre la Little League de baseball.

— Intéressant. Donc, il est du côté sauvage, mais sait être un homme quand il le faut.

Saul trouvait toujours intéressant la façon dont les mauvais garçons finissaient par ne pas être si mauvais quand il s'agissait de prendre soin des leurs.

— C'est bon à savoir.

Il parcourut les quelques statistiques qu'ils avaient.

— Il a été condamné pour conduite en état d'ivresse ?

— Oui, il y a dix ans. Jusqu'à présent, nous n'avons aucune piste sur ce qui aurait pu se passer ces derniers jours, précisa Merk.

Ils étaient presque à l'aéroport.

Saul étudia le paysage extérieur et murmura :

— Benji a-t-il une idée de l'endroit où son frère aurait pu se cacher ou pourquoi ?

— La seule certitude de Benji, c'est qu'entre la planification du petit-déjeuner et le rendez-vous, son frère a soit pris la fuite, soit été enlevé contre sa volonté.

Cela souleva une autre question.

— D'accord, je ne connais pas Benji aussi bien que vous. Il est assez populaire dans l'armée, mais je dois savoir s'il est aveugle aux défauts de son frère.

Merk secoua la tête.

— Benji est très simple. Il a tiré son frère du pétrin plus de fois qu'il ne voudrait l'admettre. Mais quand son neveu, Judson, est né, il était fier de voir Daniel devenir un bon père. Donc Benji est conscient de qui et de ce qu'est son frère exactement.

— Et sait-il s'il est impliqué dans des transactions louches de drogue ou s'il a emprunté de l'argent à la mauvaise personne ?

— Non. Benji dit que leur relation s'est renforcée ces derniers mois, et il pensait que Daniel avait l'intention de se poser. Il n'a jamais mentionné de problème, n'a jamais montré de stress ou de signe de confrontation à quelque chose qu'il n'était pas à même de gérer. Il avait toujours été sûr de lui et arrogant. Mais dernièrement, il l'était moins, et plus heureux.

Saul s'affala contre le siège et y réfléchit. Souvent, plus heureux signifiait établi dans une relation.

— Il n'est plus avec la mère de son enfant. A-t-il une

nouvelle petite amie ?

— Benji suppose que Daniel voyait quelqu'un après la rupture avec la mère de Judson, mais cela n'a pas duré. Il ne sait pas s'il avait quelqu'un récemment, mais une petite amie serait la mieux placée pour avoir des informations sur ce qui se trame dans la vie de Daniel.

— Et alors potentiellement, ce n'est pas Daniel qui a commis quelque chose de mal, mais, simplement par association, un ex de cette femme qui ne tolérerait aucune concurrence.

Merk négocia un virage à gauche qui les conduisit vers le parking longue durée de l'aéroport.

— Cela risquerait d'avoir mal fini. Ice vérifie déjà toutes les morgues locales en quête d'éventuels John Doe, au cas où.

— C'est une pensée affreuse, lâcha Saul alors que Merk garait le véhicule.

Saul sauta dehors, attrapa son sac de voyage, le jeta sur son épaule et se dirigea vers l'avant du pick-up où le reste des hommes s'étaient rassemblés.

Une heure plus tard, ils se retrouvèrent à bord d'un avion en partance pour l'ouest. Saul avait fait ce voyage à plusieurs reprises. Il était toujours partant et aimait mettre à profit le temps qui lui était imparti pour examiner certaines hypothèses.

Il se pencha de l'autre côté de l'allée.

— Merk, savons-nous quelque chose sur les parents de Benji ?

Merk acquiesça.

— Ils sont tous les deux à la retraite et voyagent à travers le pays en camping-car en ce moment. Ils ont vendu leur maison, ont donné tous leurs biens et vivent dans leur véhicule.

— Daniel pourrait-il être avec eux ?

Merk secoua la tête.

— Non, ce n'est pas possible.

Saul se redressa sur son siège et fouilla dans son sac pour en sortir un bloc-notes. Il était très doué pour dresser des listes. Il nota les possibilités au fur et à mesure qu'elles lui venaient à l'esprit, en ajoutant des options et des mesures à prendre. Premièrement, trouver des petites amies. Deuxièmement, vérifier auprès des voisins l'activité qu'ils seraient susceptibles d'avoir remarquée dans l'appartement au cours des dernières semaines. Troisièmement, contrôler le lieu de travail de son frère. Quand y était-il pour la dernière fois ? Quelle était son humeur et son attitude ? Quelqu'un savait-il où il était allé ? Où pourrait-il vivre ? Quatrièmement, mettre la main sur son véhicule. Cinquièmement, vérifier les banques et les cartes de crédit. Il mit un astérisque à côté de la dernière. Ice était en mesure de s'en charger, et l'avait probablement déjà fait.

— De combien de temps disposons-nous pour ça ?

— Deux jours pour commencer, pour voir quelles informations sont révélées, déclara Merk. Puis plus longtemps, aussi longtemps que nécessaire, jusqu'à un certain point.

Saul acquiesça. Tout était bon pour les amis, mais le temps était une denrée rare. Tant que leurs actions étaient productives, tout allait bien. Dès que ça tournait à l'inefficacité, là, c'était un problème.

Il continuait à écrire ses pensées, examinant les options et les scénarios catastrophes potentiels. Une fois que son cerveau s'apaisa, il reposa son stylo et jeta un coup d'œil à Stone par le petit hublot de l'avion. C'est là qu'il se dit : *Et si Daniel avait réservé un vol ?*

D'un bond, il reprit son stylo, griffonna une note lui

rappelant de vérifier si le passeport de Daniel avait été utilisé. Il aurait pu acheter des billets en liquide, ce qui n'aurait laissé aucune trace sur son historique de carte de crédit. Il était peut-être hors du pays.

Merk tendit la main.

— Puis-je voir ça ?

Saul le fixa des yeux.

— Seulement des idées en vrac.

— Pas de souci.

Saul haussa les épaules et s'installa confortablement. Il n'avait pas prévu que quelqu'un lise ses notes. C'était pour lui seul.

Quand Merk eut fini de parcourir la liste, il la lui rendit en disant :

— Bien joué.

REBEL MATHESON SE glissa à l'angle du bâtiment, le souffle court. Quatre hommes s'approchaient du complexe d'appartements de Daniel Longmire. Des étrangers. Des costauds à l'air pas commode du tout. Elle peinait à garder son calme, pesant cinquante kilos toute mouillée. La dernière chose qu'elle voulait, c'était une confrontation avec l'un de ces gars. Mais elle avait déjà affronté des situations délicates. Beaucoup. Il fallait de la chance et de la ruse pour s'en sortir. Elle était ceinture noire de karaté, mais il y avait des problèmes que même ça ne pouvait pas résoudre. Cependant, c'était la première chose intéressante depuis deux jours. Benji, le frère de Daniel, était passé plusieurs fois, mais elle avait évité de lui parler après la première rencontre. Se rendait-il compte des soucis sérieux de son frère du moment Ignorer la réalité n'était qu'une solution temporaire.

Elle attendit de se sentir en sécurité puis jeta un coup d'œil aux individus. L'un d'eux, un Islandais imposant avec un t-shirt laissant peu de place à l'imagination concernant ses muscles, la dévisagea. Elle se retira rapidement, tourna sur elle-même et s'élança dans la direction opposée. Elle courut vers l'arrière du bâtiment, évitant délibérément sa voiture, et se glissa entre plusieurs véhicules. Quelque chose dans le regard de cet homme lui disait que s'il la capturait, il ne la laisserait pas partir sans explication. Et elle n'était pas en mesure d'en donner une bonne. Trop de mensonges et de tromperies à ce moment-là. Elle ignorait qui étaient ces quatre types et pour qui ils travaillaient, mais le costaud avait l'air d'un gros bras. Quant au blond, avec son regard intelligent, il semblait avoir une tête analytique. Elle n'était pas certaine qu'ils soient du bon côté à ce stade.

Elle envisagea de se faufiler sous le pick-up à côté d'elle, son seul moyen de quasiment disparaître. Toutefois, le blond semblait du genre à vérifier sous les véhicules. Au bout de dix longues minutes, elle se leva, scruta prudemment les alentours. Ne voyant personne, elle soupira de soulagement. Puis, pivotant pour se glisser entre deux voitures, elle heurta de plein fouet une poitrine massive. Elle sut immédiatement à qui elle avait affaire. Tentant de l'éviter, elle se retrouva projetée sur le côté, coincée contre l'automobile. Elle sentit des mains la retenir, mais avec douceur.

— Saul Tu as trouvé quelque chose

— Une femme, planquée dans un coin, nous épiait depuis l'avant, mais elle a décampé quand elle m'a vu, relata-t-il à l'homme derrière lui. Je ne sais pas qui elle est, mais je suis sûr qu'elle surveille le bâtiment.

Un autre, presque aussi grand que Benji, dit

— Amenez-la ici.

Elle fut conduite à contrecœur vers les autres. Elle fronça les sourcils. Son humeur n'était peut-être pas une arme, mais c'était à peu près tout ce qu'elle avait désormais. Elle la maniait avec tant de finesse que même sa mère avait cessé de se disputer avec elle.

— Vous agressez toujours les gens leur lança-t-elle.

— Personne ne t'a agressée, rétorqua gentiment l'un des types. Mais si tu es mêlée à la disparition de Daniel Longmire, c'est une autre histoire. Nous allons t'emmener au poste pour discuter.

La panique la submergea.

— Je n'ai rien à voir avec sa disparition.

— Intéressant. Tu connais donc Daniel demanda l'homme derrière elle.

Elle se dégagea et se tourna vers lui, le fusillant du regard.

— Oui, mais pas vraiment bien. Et je n'ai pas très envie de le connaître. Ce gars est une vraie merde, et si quelqu'un le mettait K.O. et le balançait dans un fossé, ça me conviendrait tout à fait.

Chapitre 2

SI CES GARS étaient des amis de Daniel, son commentaire ne lui rapporterait pas grand-chose. Elle prit une profonde inspiration.

— Je dois retrouver son ex-petite amie, ma meilleure amie. Elle était chez Daniel il y a dix jours, mais aucun signe d'elle depuis.

— Aucun signe d'elle dans quel sens

Un homme brun se tint devant eux, les bras croisés.

— Dans le sens, disparue

— Exactement. Elle ne s'est pas présentée au travail, sa mère n'a pas eu de ses nouvelles, et elle ne m'a pas appelée. Nous nous parlions tous les jours, tout comme elle et sa mère. Elle est allée chez Daniel il y a deux vendredis. Ils ont eu une grosse dispute. Elle m'a téléphoné pour m'annoncer qu'elle quittait l'appartement, qu'elle me contacterait à son retour et que nous pourrions parler plus tard. Elle n'a jamais rappelé. Je ne pense pas qu'elle soit rentrée chez elle. J'ai signalé sa disparition à la police, mais il n'y a toujours aucun signe d'elle. Je suis sûre que ça a un rapport avec Daniel. Je veux simplement trouver Tammy.

— As-tu vu Daniel la semaine dernière

Elle se retourna pour répondre au gars qui l'avait attrapée.

— Pas depuis le début de la semaine dernière.

— Il y a trois jours, vendredi soir, Daniel a parlé avec son frère, Benji. Samedi, ils avaient prévu de se retrouver pour le petit-déjeuner. Daniel n'est pas venu. Aujourd'hui, nous sommes lundi. Il n'y a eu aucune nouvelle de lui récemment.

Elle acquiesça.

— C'est ce que m'a dit Benji. Ça a été très dur pour lui. Il y a plus d'une semaine que je fais face à cette situation, et personne ne s'est encore manifesté pour m'aider.

— Et les flics l'interrogea le grand gaillard avec une pointe d'accent français. Ils ont sûrement lancé des recherches.

Elle haussa les épaules.

— Ils n'ont rien trouvé. Je crois qu'ils ont aussi parlé à Daniel. En ce qui me concerne, il a probablement fait quelque chose à Tammy, a plié bagage et s'est tiré d'ici pour ne pas être appréhendé.

Les quatre hommes échangèrent un regard sévère.

— À quel point le connaissez-vous ? demanda-t-elle au groupe.

Ils secouèrent la tête, mais le blond s'adressa à elle.

— Merk le connaît, mais nous ne l'avons jamais rencontré. Benji est notre ami, alors nous essayons de retrouver son frère.

Elle ricana.

— Quand vous aurez trouvé Daniel, je veux savoir ce qu'il a fait à Tammy.

Le tank s'avança et tendit la main.

— Je m'appelle Stone. Nous travaillons tous les quatre pour Legendary Security au Texas. Nous sommes sérieux quand nous disons que nous sommes ici pour prêter main-forte à Benji. Ainsi, toute information que vous nous donnerez sur Daniel nous aidera à le trouver plus rapidement. Et nous pourrons alors lui poser des questions sur la disparition de Tammy le plus tôt possible.

Rebel hésita. Elle voulait leur faire confiance, mais elle avait rencontré trop d'hommes corpulents qui n'étaient pas de bons gars, et quatre d'entre eux étaient avec elle en ce moment, y compris celui qui se tenait à ses côtés. Elle n'aimait pas la façon dont il s'était glissé discrètement derrière elle pour la saisir.

— Je m'appelle Rebel, déclara-t-elle à voix basse. Et vous, en tant que groupe, vous êtes très intimidants.

Elle leva le menton et fixa des yeux le char d'assaut, le plus grand de tous.

Le grand gaillard lui sourit et tempéra

— Mais à l'intérieur, nous sommes de vrais nounours.

Elle le regarda de travers et ricana.

— Mouais.

Les autres se présentèrent, et elle comprit que le gars qui l'avait attrapée était Saul. Deux étaient bruns. Celui à l'accent était Merk, et le plus grand était Dakota.

— J'aimerais bien entrer dans son appartement et voir si les affaires de Tammy y sont encore.

— Qu'est-ce que cela te révélerait demanda Saul.

Elle enfonça les mains dans ses poches et haussa les épaules.

— Je n'en sais rien. Mais si nous ne commençons pas à chercher, encore plus de temps passera sans que nous trouvions quoi que ce soit, par conséquent moins de chance nous aurons de retrouver mon amie, et ça me fait peur. Tammy est adorable. Elle ne ferait de mal à personne.

— Et pourtant, elle était avec quelqu'un comme Daniel.

Rebel secoua la tête.

— Ils ont été ensemble pendant quelques mois. Elle a rompu il y a environ un an. Puis il y a un mois, il l'a recontactée. Je lui ai dit de ne pas s'approcher de lui, car Daniel n'était pas une bonne personne pour elle.

— Pourquoi affirmes-tu cela

— Parce qu'il y a un an, il vivait avec la mère de son enfant. Et en même temps, il persuadait une autre femme qu'il était célibataire, libre et disponible.

Rebel branla le chef.

— Tammy n'a pas besoin d'un menteur comme lui.

— C'est une partie du problème pour nous puisque Daniel n'a pas contacté son fils, la mère de son enfant, ni son frère non plus.

Elle fronça les sourcils.

— Daniel est-il en contact avec son fils habituellement

Saul acquiesça.

— Toutes les informations dont nous disposons indiquent que c'est un père très impliqué.

Elle grimaça.

— C'est la première bonne chose que j'entends à son sujet.

Merk prit la parole.

— Nous savons aussi que son appartement est complètement vide. Les meubles et les effets personnels ont disparu. Il a été nettoyé de fond en comble.

Elle le dévisagea avec étonnement.

— Quoi ?

— En surveillant cet immeuble depuis plusieurs jours, vous n'avez pas vu de fourgons de déménagement ou peut-être de meubles aller et venir la questionna Merk. Aucun signe de Daniel faisant ses valises et partant d'ici

— C'était la fin du mois, une période normale pour

changer de logement, donc les résidents allaient et venaient. J'ai pris cette dernière semaine de congé pour retrouver Tammy, avoua-t-elle. Quelques personnes déménageaient…

Elle plissa les lèvres en une fine ligne serrée.

— Mais je n'ai pas vu Daniel.

— Es-tu déjà allée dans son appartement demanda Saul.

Elle secoua la tête.

— Non, je ne l'ai jamais rencontré, donc j'ignore à quoi il ressemble.

Elle sortit son téléphone de sa poche et afficha une image.

— Voici Tammy.

Elle la fit circuler pour que les hommes la regardent.

— Elle a vingt-huit ans. Elle fait ma taille, elle est rousse, elle a beaucoup de taches de rousseur, elle a une personnalité rebondissante, elle est petite et très intelligente.

— Que fait-elle dans la vie demanda Stone.

— Elle est dans l'informatique. Elle travaillait avec Daniel.

— Dans quelle société ? l'interrogea Merk.

Elle nomma la grande entreprise de télécommunications dans laquelle Tammy, Daniel et elle étaient employés.

— Je suis dans le département marketing. Tammy était à la programmation.

— S'est-elle déjà plainte d'autres collègues demanda Merk. D'une personne qui l'embêtait Quelqu'un avait-il une raison de la détester ?

Les questions fusèrent si vite qu'elle eut du mal à y répondre.

— Non, elle était heureuse au travail. Elle n'a rien dit, pour autant que je sache. Personne ne la détestait. Elle est belle à l'intérieur comme à l'extérieur.

Rebel secoua la tête.

— Elle ne me ressemble pas sur beaucoup de points. Je peux être une garce. Là où elle serait toute douce, je serais le punch au citron. Si elle voit un chiot en liberté, elle va le ramasser et le ramener chez elle, et je serais le genre de personnes qui diraient que le propriétaire l'a probablement battu et que nous devrions l'emmener dans un refuge pour vérifier qu'il n'est pas blessé. Elle voit le soleil, alors que je vois toujours les nuages.

Alors que sa colère se dissipait, sa voix s'épaississait de larmes. Elle leva la main et se pinça l'arête du nez, reprenant le contrôle d'elle-même.

— J'ignore ce qui est arrivé à Daniel, et je n'ai pas la moindre idée de ce qu'il a fait à Tammy. Mais deux personnes qui disparaissent et qui sont si étroitement liées – au travail et socialement –, ça ne peut pas être une coïncidence. Il y a forcément un lien.

Les deux hommes approuvèrent.

— Dans ce cas, tu restes avec nous, lança Merk. Nous en saurons plus si nous restons ensemble.

Elle les dévisagea, les évaluant de nouveau.

— J'ai un appartement. Il n'est pas très grand, mais c'est le mien. Je n'irai nulle part avec vous.

Saul prit la parole pour la première fois depuis un moment :

— Que dirais-tu d'un bon restaurant public pour un repas ou au moins un café Et nous pourrons parler.

Comme prévu, son estomac se mit à grogner. Elle fronça les sourcils.

Saul lui demanda

— Quand as-tu mangé pour la dernière fois

Elle s'entoura de ses bras et secoua la tête.

— Comment suis-je censée manger alors que, pour ce que j'en sais, Tammy est blessée et ne s'est pas nourrie depuis une semaine

— C'est compréhensible, concéda Saul. Mais si tu ne prends pas soin de toi, tu ne seras pas en mesure de prendre soin de Tammy quand nous la retrouverons.

Elle avait possiblement été influencée par la conviction dans sa voix qu'ils lui mettraient la main dessus… Le facteur décisif était peut-être que ces hommes avaient l'air d'être à même d'affronter tout ce que la vie leur réservait, ou qu'elle était simplement tellement désespérée que quelqu'un s'occupe d'elle qu'elle les croyait capables de mettre fin à ce cauchemar. Elle avait conscience qu'elle n'y arriverait pas seule. Elle resta silencieuse un long moment, puis acquiesça.

— Trouvons un endroit tranquille où je pourrai manger et boire un café, et je vous raconterai ce que je sais.

SAUL N'AVAIT JAMAIS cessé de s'étonner de la façon dont une affaire assez simple pouvait se transformer en quelque chose de beaucoup plus important. Cela arrivait souvent lorsqu'il était en mission, et surtout depuis qu'il travaillait pour Levi. C'était toujours la même chose. Ils étaient venus chercher Daniel, mais voilà qu'ils découvraient qu'une femme avait également disparu.

Rebel avait évoqué une autre possibilité qu'ils n'avaient pas envisagée. Daniel avait peut-être perdu son calme et commis l'irréparable envers Tammy. Et s'il avait ôté la vie à cette pauvre femme, puis s'était rendu compte qu'il serait immédiatement suspecté et s'était éclipsé pour sauver sa peau ? Il aurait fait croire qu'il s'était volatilisé ou qu'il avait été kidnappé, sa seule option pour effacer la trace de sa culpabilité aux yeux du public. Ainsi, il aurait pu échapper à une inculpation pour meurtre, du moins pour un temps.

Saul se dirigea vers sa Jeep. Logeant chez Richard, Foster leur avait offert l'une des voitures. Cependant, dès son arrivée, Saul avait pris le volant de son propre véhicule. Il n'avait pas encore eu l'opportunité de le conduire jusqu'au Texas.

Tout le monde grimpa à bord, Rebel se plaçant au milieu de la banquette arrière. Ils roulèrent vers une chaîne de cafés prisée qui proposait de la nourriture, et Saul gara la voiture sur le parking arrière. Une fois à l'intérieur, ils s'installèrent autour d'une table dans un coin au fond. Après avoir passé commande et reçu leur café, Rebel prit la parole :

— La relation entre Tammy et Daniel a commencé il y a environ quinze mois. Il la draguait au travail. Au début, elle était flattée, comme s'il était la meilleure chose qui lui soit arrivée.

Sa voix trahissait une méfiance viscérale, comme si elle peinait à croire que son amie avait succombé aux charmes et au bagou de Daniel.

— Mais ça n'a pas duré. Il ne faut pas longtemps pour que l'euphorie s'estompe, et elle a réalisé qu'il se rapprochait trop d'elle – de son travail. Elle s'est accrochée un peu, cherchant à comprendre ce qu'il manigançait. Puis elle a elle-même connu des problèmes lorsque des erreurs ont été commises sous son identifiant. Elle a été blâmée, même si elle a protesté. Elle a réussi à sauver son emploi, mais elle a rapidement changé tous ses mots de passe et s'est mise à chercher qui avait fait quoi et qui l'avait utilisée dans ce but. Étant très méticuleuse dans son codage, elle connaissait également le boulot des autres programmeurs. Elle m'a dit qu'elle soupçonnait Daniel. C'est pourquoi il s'était montré amical avec elle. Ce qu'elle ignorait, c'était pourquoi il agissait ainsi. C'était le genre de farces qu'il adorait.

Elle secoua la tête.

— Tammy n'a plus rien eu à voir avec lui pendant un certain temps après cela, et prenait soin de modifier son mot de passe chaque jour avant de quitter le bureau. Rien de séquentiel, rien qu'un pirate puisse aisément déjouer. Bien sûr, il existe toujours des programmes capables de le faire, mais elle avait mis en place des mesures de sécurité pour rendre la tâche ardue. De plus, d'autres personnes ont rencontré des problèmes similaires lorsque la même chose leur est arrivée. Selon elle, étant la première à être blâmée, personne ne l'avait crue à l'époque. Mais lorsque trois employés différents ont déclaré qu'on avait piraté leurs mots de passe et changé les codes, les faisant passer pour les auteurs du travail bâclé, l'entreprise a instauré de nouvelles mesures de sécurité. Et tous ces problèmes ont pris fin.

Elle jeta un coup d'œil aux hommes.

— Pour moi, ça voulait dire que la personne qui avait piraté et modifié les codes était à l'intérieur même de l'entreprise. Elle devait savoir que la sécurité avait été renforcée et que si elle tentait quoi que ce soit d'autre, ils la démasqueraient.

Quelques gars acquiescèrent, et Stone demanda :

— Les pirates ont-ils continué à essayer d'entrer dans l'entreprise ?

Elle haussa les épaules.

— Je ne suis pas une experte en programmation, mais le piratage a cessé.

— Pourquoi vouloir ruiner son travail ? la questionna Merk.

— À l'époque, Tammy pensait que c'était parce qu'ils

s'étaient disputés et qu'il souhaitait qu'elle soit virée.

Rebel se regarda les mains.

— Il était comme ça à l'époque, étroit d'esprit, cherchant à se venger. Tammy affirme qu'il a changé, mais j'en doute. Quant à savoir s'il a piraté les autres au bureau ?

Elle haussa les sourcils, penchant la tête.

— Je ne vois pas pourquoi il l'aurait fait.

— À moins que ce ne soit simplement parce qu'il en était capable ? suggéra Saul. Il avait peut-être des problèmes avec des collègues au travail ?

— Qui sait ? demanda-t-elle en haussant les épaules. Quoi qu'il en soit, Tammy n'a plus eu grand-chose à faire avec lui après ça. Elle a gardé ses distances au boulot et ne l'a jamais fréquenté en société. Il y a environ un mois, il est passé à son bureau, de nouveau très amical. Il lui a apporté des fleurs fraîches, s'excusant, prétendant qu'il avait mis à profit l'année dernière pour se ressaisir. Il s'était séparé de sa petite amie, passait du temps avec son fils, et était devenu un homme différent.

— Tammy l'a cru ? l'interrogea Saul.

— Non, pas au début. Mais il n'a pas lâché l'affaire. Elle a commencé à se demander s'il n'avait pas changé. Ils sont allés voir un film, ont passé du temps dans le parc, simplement de petits rendez-vous par-ci par-là. Elle hésitait à aller plus loin.

— Étaient-ils en couple avant qu'elle ne disparaisse ? la questionna Dakota.

— C'est l'une des choses les plus étranges. Oui, mais pas de manière intime, du moins je ne pense pas. Il semblait s'être assagi, et elle a décidé de passer le week-end chez lui. Elle a préparé un sac de voyage. Et, oui, nous en avons parlé toute la semaine pour déterminer si elle devait y aller ou non, si elle devait dormir chez lui. Le premier soir, elle m'a envoyé un texto pour me dire qu'ils avaient eu une violente dispute, qu'elle partait et qu'elle m'appellerait à son retour. J'ai attendu longuement, mais je n'ai jamais eu de ses nouvelles. Je suis allée chez elle, et elle n'y était pas. Je n'ai trouvé aucun signe qu'elle était rentrée. Je l'ai appelée. J'ai envoyé des textos. Je suis passé devant chez Daniel. J'ai fouillé son immeuble pour voir si je la trouvais, mais il n'y avait aucune trace d'elle.

— Comment s'est-elle rendue chez Daniel ? demanda Saul.

— Elle a pris les transports en commun, dit Rebel. Elle ne conduit pas, et San Diego est une grande ville avec de nombreuses façons de se déplacer, alors elle n'a pas jugé nécessaire de passer le permis.

— Il est donc possible qu'elle ait été attaquée sur le chemin du retour ? la questionna Stone.

— C'est possible.

Rebel regarda au loin.

— J'aimerais seulement savoir ce qui s'est passé.

— As-tu demandé à Daniel pourquoi ils se sont disputés ? l'interrogea Merk.

Elle acquiesça de nouveau.

— Oui. Il a répondu que ce n'était pas une dispute. Ils ont simplement eu un léger désaccord. D'après lui, quand elle est partie, elle allait très bien. Elle voulait simplement rentrer chez elle et réfléchir un peu plus. Il m'a dit qu'il n'avait pas envie de la pousser parce qu'il la voulait à long terme, pas seulement à court terme cette fois-ci.

— Tu l'as cru ? la questionna Saul.

— Bien sûr que non. C'est un menteur invétéré. Je ne peux pas croire ce qui sort de sa bouche.

Saul l'étudia. Jusqu'à présent, elle s'était montrée très franche et ouverte.

— Tu me parais être une très bonne amie, déclara Saul avec un sourire.

— À quel point suis-je une bonne amie alors qu'elle n'est pas chez elle, là où elle devrait être ? s'emporta Rebel. Je ferais n'importe quoi pour la ramener.

Ce fut à ce moment-là que le repas arriva. Saul attendit qu'elle commence à manger, reconnaissant sa frustration et son tempérament mélangés à la faim lorsqu'elle attaqua sa nourriture avec vigueur.

— Tu n'as pas mangé depuis deux jours, n'est-ce pas ?

Elle regarda sa fourchette et secoua la tête.

Il connaissait ce sentiment. Il n'y a rien de tel que de voir son monde s'écrouler pour considérer la vie différemment. Si elle voulait retrouver son amie, il ne fallait pas qu'elle perde la tête, sinon elle finirait elle-même à l'hôpital.

— Que peux-tu nous dire sur Daniel ? demanda Saul en prenant une bouchée de ses pommes de terre rissolées.

— Au travail, c'est le type qui en fait le moins et qui reçoit le plus de reconnaissance. Il apparaît dans toutes les brochures et les promotions parce qu'il a un visage et un sourire bien dessinés. Mais c'est un peu prétentieux. Ce n'est pas mon genre d'homme. Je ne pensais pas qu'il était celui de Tammy non plus. Il est extrêmement persuasif. C'est un homme à femmes. Il sait y faire.

— Et quel est ton genre ?

Saul réalisa trop tard qu'il n'aurait pas dû poser cette question, mais elle était déjà sortie, alors il ignora les regards des gars et attendit sa réponse.

— Loyauté, intégrité et honnêteté. Pour moi, ces qualités primeront toujours sur l'apparence, les manières de séducteur et les mots doux, déclara-t-elle. Daniel n'a rien de tout cela.

Saul l'étudia pendant un long moment.

— Tu ne l'aimes vraiment pas, n'est-ce pas ?

— Je ne l'aimais pas avant. Maintenant que je crois qu'il est impliqué dans la disparition de Tammy, je le déteste vraiment.

Sa voix contenait tellement de vérité qu'il la crut. Le problème, c'était que c'était la dernière chose qu'ils avaient besoin d'entendre.

— As-tu fait quelque chose, la questionna Merk. Comme le menacer, te disputer avec lui, lui mettre les flics sur le dos ? Quelque chose qui l'aurait poussé à plier bagage et à s'enfuir ?

Elle se figea, fronça les sourcils et posa lentement sa fourchette.

— Sur ce point, je ne sais pas. Je lui ai posé des questions sur elle au travail, et il m'a dit qu'il ignorait ce qui s'était passé après qu'elle était partie de chez lui. Je lui ai parlé, je lui ai expliqué que j'avais signalé sa disparition, qu'il était la dernière personne à l'avoir vue vivante, mais Daniel m'a affirmé que je me trompais. Il a rétorqué que c'était la personne qui l'avait kidnappée ou blessée, et que ce n'était pas lui parce que, lorsqu'elle s'en était allée, elle était en vie. Je lui ai répondu que je découvrirais la vérité, si c'était la dernière chose que je faisais sur cette planète, et que s'il était responsable, je veillerais à ce qu'il paie pour cela. Sa réponse a été assez étrange. Il a dit qu'il espérait que ça ne se passerait pas comme ça, mais que dans le cas contraire, il en serait ainsi.

Saul la regarda fixement.

— Je n'aime pas ça.

— À ce moment-là, je n'y ai pas prêté attention, avoua-t-elle. Cela m'a semblé être des paroles en l'air, une astuce pour éviter les soupçons, et je l'ai en quelque sorte ignoré. Je me suis même demandé si Tammy aurait été si déprimée par l'échec de leur relation si tôt qu'elle se serait suicidée, mais j'ai immédiatement écarté cette idée, car j'avais conscience qu'elle n'aurait jamais commis un acte pareil.

— Donc, quand tu as parlé à Daniel chez lui, quand il a ouvert la porte, as-tu pu voir à l'intérieur ? l'interrogea Stone.

Elle secoua la tête.

— Je l'ai rencontré dans le hall. Je ne pouvais pas monter à son appartement sans raison. Et je ne voulais pas qu'il appelle les flics. J'espérais qu'il me mènerait à elle, c'est la raison pour laquelle je surveille l'immeuble depuis.

Elle leva les mains en signe de capitulation face à leurs regards.

— Je sais. Mais que pouvais-je faire d'autre ?

Saul se pencha vers elle et lui prit doucement l'épaule.

— Tu as agi comme tu as pu. Maintenant, détends-toi et laisse-nous réfléchir à tout cela.

Elle reprit sa fourchette et le dévisagea de nouveau.

— Nous allons envisager d'autres options, ajouta-t-il. Daniel a disparu depuis quarante-huit heures. La police a reçu notre avis de disparition, mais pour l'instant, rien n'a filtré.

— Et sa voiture ? demanda-t-elle. Il conduit une grosse cylindrée. Noire, je crois. Comme celle de cette série télévisée qui dure depuis longtemps.

— *Supernatural* ?

Elle acquiesça.

— Ça y ressemble.

— Quand l'as-tu vue pour la dernière fois ? La voiture.

— Il y a des mois, quand il est venu avec au travail.

— Nous pouvons obtenir la plaque d'immatriculation assez facilement.

Saul acquiesça et envoya un message à Ice. Elle répondit presque immédiatement, et il jeta un coup d'œil à Stone.

— Ice va s'en occuper. Elle recherche tous les biens qu'il possède, au cas où il aurait un endroit où se cacher.

— Aller sous terre ne l'aidera pas, s'emporta Rebel. Pas s'il a fait quelque chose à Tammy. Je m'en assurerai.

Chapitre 3

UNE FOIS SON repas terminé, Rebel interpella la serveuse afin d'obtenir un bout de papier. Cette dernière revint avec un petit carnet. Après l'avoir remerciée, Rebel nota toutes les informations cruciales concernant Tammy : son adresse, son numéro de téléphone et celui de sa mère. C'était suffisant pour permettre à ces gars de commencer à la chercher à l'heure actuelle. Ensuite, elle s'attaqua à Daniel. Lorsqu'elle eut fini, une autre tasse de café avait déjà été sirotée, et les hommes attendaient que les bouts de papier leur soient remis.

Rebel posa son stylo et déclara :

— Voilà ce que je sais.

— C'est plus que ce dont nous disposions.

Elle approuva.

— Comment puis-je vous joindre si j'ai d'autres renseignements ?

— Laisse-nous chercher Daniel à partir de maintenant, suggéra Stone. Nous ne voulons pas que tu aies des ennuis. Il est possible que les deux aient disparu pour des raisons complètement différentes. Mais, plus probablement, Tammy aura été enlevée à cause de son association avec Daniel. Si c'est le cas, nous ne voulons pas que tu sois impliquée.

— Des ennuis ?

Elle fronça les sourcils.

— Vous ne pensez pas que Daniel a fait quelque chose à Tammy ?

— Pas à ce stade. Il y a beaucoup d'autres options, dont certaines que nous n'avons pas encore envisagées.

Elle se croisa les bras sur la poitrine.

— C'est possible, mais j'ai toujours besoin d'un moyen de vous contacter au cas où quelque chose se produirait.

Stone jeta un coup d'œil à Saul, qui sortit son téléphone, afficha son numéro et brandit le portable pour qu'elle le lise. Rebel attrapa le sien et ajouta le numéro à ses contacts.

— Et le tien, c'est ? demanda Saul.

Elle le lui donna, puis se leva.

— Bon, j'ai fait tout ce que je pouvais ici. Je vais rentrer chez moi pour dormir un peu.

Alors qu'elle était à mi-chemin de la sortie du restaurant, elle se retourna et dit :

— Merci pour le déjeuner.

Elle disparut par la porte d'entrée.

Sur le trottoir, elle s'arrêta et réfléchit à ses options. Elle avait laissé son véhicule derrière l'appartement de Daniel. Elle avait contacté tous les voisins du même étage, à l'exception d'un seul. Elle espérait qu'il aurait vu Daniel.

Le gérant n'avait été d'aucune aide. Il avait refusé de lui fournir la moindre information sur Daniel ou Tammy. Elle comprenait sa position, mais si Daniel avait déménagé ou n'avait pas payé son loyer pour le mois suivant, le gérant aurait pu en parler. Plus elle y songeait, plus cela l'énervait. Un moyen sûr de se cacher, trente jours avant que quelqu'un ne vienne vous chercher, était de s'acquitter de son loyer, de déménager à l'avance et de se réinstaller ailleurs. Saul et ses amis pouvaient penser que Daniel était innocent, mais elle n'en était pas si sûre.

Il lui fallut vingt minutes pour retourner à pied à l'immeuble. Elle vérifia que son auto était toujours là, puis retourna à l'intérieur, jusqu'à l'étage de Daniel. Le ruban adhésif signalant une scène de crime était nouveau. Il lui donnait une sensation de vertige. Si quelque chose était arrivé à Daniel, comment allait-elle trouver Tammy ? Elle frappa de nouveau à l'appartement dont elle n'avait pas réussi à contacter les occupants. Cette fois, une jeune femme lui ouvrit. Rebel posa les mêmes questions, en incluant le déménagement de Daniel.

La jeune femme rit.

— Vendredi soir, il sortait des cartons de chez lui.

— Oh, vous lui avez parlé ?

— Non, j'ai discuté avec son ami, et il a expliqué que Daniel déménageait de nuit parce qu'il partait sans donner de préavis.

— Vous ne l'avez pas vraiment croisé cette nuit-là, n'est-ce pas ?

La femme fronça les sourcils et la regarda fixement.

— Je ne suis pas sûre de l'avoir remarqué. J'ai vu des cartons sortir de son appartement, mais je n'ai vu que son ami.

— Une idée de ce à quoi il ressemblait ? intervint une voix masculine derrière elle.

Elle se retourna et dévisagea Saul, un peu trop près pour être un étranger et un peu trop loin pour être un amant. La femme sourit à Saul.

— Blond, comme un surfeur, déclara-t-elle en riant. Comme presque tous les hommes de San Diego. Je dirais plutôt la fin de la vingtaine, mais c'est à peu près tout. Il était musclé et portait plusieurs gros cartons à la fois en se déplaçant rapidement.

— Comme s'il était pressé ? tenta Rebel.

La voisine acquiesça.

— Oui, absolument.

Dans l'appartement derrière elle, un enfant cria. Elle s'empressa d'entrer.

— Désolée, je dois y aller.

Et elle ferma la porte.

Rebel pivota vers Saul et découvrit les autres gars alignés derrière lui.

— Pourquoi êtes-vous encore là ?

— Et toi ? rit Saul.

— Je suis ici parce que je cherche Tammy.

— Et nous sommes ici pour chercher Daniel.

Elle lança un regard à Saul.

— Très bien.

— Au moins maintenant, nous savons que quelqu'un a vu le logement de Daniel être vidé vendredi soir, souligna Saul en considérant Stone. Je suggère que nous effectuions une recherche rapide. Afin de confirmer le témoignage de Benji. Au cas où quelque chose serait différent.

Stone était déjà en mouvement. Il sortit quelque chose de sa poche arrière. En quelques secondes, la porte de Daniel fut ouverte, le ruban adhésif de scène de crime pendant sur le côté. Elle se précipita vers l'avant. Il était hors de question qu'ils entrent sans elle. Elle passa devant Stone et pénétra la première dans l'appartement, retroussant le nez, reniflant.

— Eau de Javel.

Le silence suivit.

Elle se retourna pour les regarder, exprimant l'horreur de ce qui lui était venu instantanément à l'esprit.

— Alors, c'est Tammy qui est morte ici ou Daniel ?

Saul secoua la tête.

— Ne tirons pas de conclusions hâtives.

Elle s'enroula les bras autour de la poitrine et examina l'espace vide. L'appartement était bien éclairé. D'après ce qu'elle pouvait remarquer, il était complètement vide. La cuisine était carrelée, et le reste du logement était recouvert de stratifié. Il faudrait probablement des analyses médico-légales pour prouver que du sang avait été laissé ici. Elle se dirigea vers la chambre principale et la salle de bains. Il n'y avait rien à trouver, aucune indication que Tammy avait été ici ou que quelqu'un avait connu un sort funeste dans cet espace. Elle branla le chef.

— Où diable est-il allé, alors ?

— Nous le découvrirons. Donne-nous simplement un peu de temps.

— Depuis combien de temps le cherchez-vous ?

Saul consulta sa montre et dit :

— Environ trois heures. Depuis que nous sommes arrivés en Californie.

Sa mâchoire tomba.

— Vous êtes venus en Californie pour le retrouver ?

Les quatre hommes acquiescèrent.

— Benji est notre ami. Nous ne laissons jamais un ami dans le besoin.

— Il a de la chance.

Elle secoua la tête.

— J'aurais aimé avoir quelqu'un pour m'aider à mettre la main sur Tammy.

Elle entra dans la deuxième chambre et dans l'autre salle de bains. Elle se pencha et ouvrit les portes sous le lavabo. C'était propre. Elle espérait trouver quelque chose qui aurait été oublié. Mais même les poubelles avaient été jetées. Bien que les tiroirs soient vides, ils n'avaient pas été essuyés.

— S'il est parti à la hâte, il a fait un bon nettoyage de base, mais il ne s'est pas occupé de tous les détails, en déduisit-elle.

Elle se leva et se rendit à la cuisine pour y fouiller tous les placards en quête d'objets oubliés. Les gens semblaient toujours laisser des choses au fond des tiroirs de la cuisine. Elle les sortit et trouva dans l'un d'eux des trombones et des agrafes en vrac. Elle les examina pendant un long moment, mais avait conscience qu'ils n'avaient absolument rien à offrir en matière d'informations.

Lorsqu'elle eut terminé, elle était frustrée et en colère.

— C'était mon seul espoir de trouver une piste pour Tammy. Je ne sais même pas où chercher maintenant, s'écria-t-elle.

Saul se tourna vers elle et déclara :

— Toute empreinte digitale qui lui appartiendrait ici ne servirait à rien puisqu'elle y a dormi.

Il pointa du doigt le logement de Tammy.

— As-tu vérifié l'appartement de Tammy pour voir s'il y a des traces de Daniel ?

Elle acquiesça.

— Oui, dès qu'elle a disparu, et je n'ai rien trouvé.

— Mais si Daniel y est allé depuis ? Sachant qu'elle avait disparu, cela laissait son appartement disponible pour s'y cacher pendant un jour ou deux.

L'idée lui plaisait.

— Je vais aller m'en assurer.

— Attends.

Déjà en route vers la porte d'entrée, elle pivota et le considéra.

— Quoi ?

— Je viens avec toi, annonça Saul. Laissons-les finir ce

qu'ils font ici. Ensuite, ils pourront nous suivre.

Elle haussa les épaules.

— D'accord. Mais ne me ralentis pas.

Et elle retourna vers le couloir.

Au lieu d'attendre l'ascenseur, elle prit les escaliers. En bas, elle sortit en trombe et se dirigea vers sa voiture. Avant qu'elle n'ait pu ouvrir la portière du conducteur, Saul était déjà du côté passager, attendant qu'elle la déverrouille. Elle lui lança un regard.

Il sourit.

— Tu m'as demandé de ne pas te ralentir.

Il semblait terriblement doué pour rester près d'elle. Elle était un peu inquiète de le voir dans son véhicule, mais, bien qu'il soit grand et musclé, elle ne se sentait pas menacée.

Elle sortit rapidement sa voiture du parking et s'engagea dans la circulation.

— Nous sommes à dix ou quinze minutes de route, déclara-t-elle.

— C'est parfait.

Il sortit son téléphone et passa le reste du trajet dessus, au lieu de socialiser avec Rebel.

C'était à la fois un soulagement et une source d'irritation. Elle n'arrêtait pas de le regarder pendant qu'il envoyait message sur message.

— Tu envoies un SMS à ta copine pour lui dire que tu ne seras pas disponible ?

— Non, je n'ai pas de copine. C'est pour le travail.

C'était culotté de sa part de lui demander s'il avait une petite amie, mais le fait qu'il lui réponde la rassura. Elle s'était tout de même surprise à poser cette question. Ce n'était pas parce qu'un homme magnifique était assis à côté d'elle qu'il était libre d'une manière ou d'une autre, ou qu'elle était même intéressée. Elle avait bien d'autres choses en tête. Elle n'avait qu'à penser à ce qui était arrivé à Tammy – qui n'avait pas envie d'écouter ses conseils au sujet de Daniel – pour qu'elle ait envie de s'arrêter et de chasser cet homme de son auto. Mais il n'y avait absolument aucune comparaison possible entre Daniel et Saul. Du moins, d'après ce qu'elle avait constaté depuis les quelques heures qu'elle connaissait Saul.

Elle s'arrêta devant l'appartement de Tammy et sortit du véhicule.

Saul descendit à son tour, observa l'endroit et les grands arbres de la rue, puis sourit.

— C'est un beau quartier.

— C'est vrai. Elle vit ici depuis environ six ans.

Elle le guida à l'intérieur, jusqu'au dernier étage. À la porte du premier appartement, elle frappa doucement, mais aucun son ne lui parvint. Rebel sortit la clé de Tammy de sa poche, l'inséra et poussa la porte avec précaution. Alors qu'elle s'avançait, Saul l'attrapa par l'épaule et se posa un doigt sur les lèvres. Un sourcil levé, elle recula et le laissa entrer en premier.

SAUL S'AVANÇA, ÉCOUTANT attentivement pour vérifier s'ils étaient seuls. Il ne voyait ni n'entendait personne, mais cela ne signifiait pas que quelqu'un ne se cachait pas à l'intérieur. Il pénétra dans l'espace féminin et sourit en voyant le canard en caoutchouc violet posé sur la cheminée. Cet appartement avait beaucoup de personnalité. Il fit un tour rapide, s'assurant que tout était vide. Il n'avait aucune raison de penser qu'il y aurait un intrus, mais, avec deux personnes disparues, il ne pouvait pas être assez prudent. Il ne voulait pas non plus que Rebel s'y promène seule et disparaisse à son tour.

Après cette recherche rapide, il revint et hocha la tête.

— Il semble que ce soit dégagé.

Les trois autres hommes remontèrent le couloir au moment où Rebel faisait un pas à l'intérieur. Il leur adressa un signe et annonça :

— C'est vide.

Ils entrèrent et se répartirent les différentes parties de l'appartement à inspecter. Il choisit la chambre à coucher et se dirigea directement vers la table de nuit. Il ouvrit les tiroirs et en sortit un cahier.

Rebel se tenait dans l'embrasure de la porte.

— Qu'est-ce que tu fabriques ?

— Je cherche des réponses. Je cherche à savoir où elle pourrait être ou avec qui elle pourrait être. Je cherche des indices pour déterminer si elle a été emmenée contre son gré.

— En fouillant dans ses affaires personnelles ?

Il entendit l'embarras et la colère de son amie.

Il se tourna vers elle.

— Tu crois qu'elle a disparu ?

Rebel acquiesça.

— Dans ce cas, c'est ce que nous devons faire. Alors, passe au-dessus de ton embarras, ce sentiment de violation et d'intrusion, et réalise que nos actions l'aideront, et que ce n'est pas parce que j'ai un désir voyeuriste de lire son journal intime.

Elle s'approcha.

— C'est seulement le choc de te voir te diriger directement vers la table de chevet. Elle y gardait toujours ses affaires personnelles.

— C'est exactement pour ça que je suis là. A-t-elle un

ordinateur portable ? Et son téléphone ?

— Son ordinateur est ici. Elle a un téléphone mobile, mais on tombe directement sur la boîte vocale.

— Peux-tu contrôler s'il est dans l'appartement, par exemple en l'appelant pour vérifier s'il n'a pas été oublié ?

Elle sortit son portable et appela. Ils écoutèrent, penchant tous deux la tête sur le côté pour mieux entendre. Elle n'obtint pas de réponse, et aucune sonnerie ne retentit dans l'appartement.

— Cela ne signifie pas forcément quelque chose, tempéra Saul. Sa batterie est peut-être à plat.

Il jeta un coup d'œil à Rebel en fouillant dans la table de nuit.

— Tu sais si elle a un journal intime, à part ce calepin, ou un carnet d'adresses ?

Elle secoua la tête.

— Tout est sur son ordinateur portable ou peut-être sa tablette.

Il acquiesça.

— Où est la tablette ?

Rebel tourna lentement en rond.

— Je…

Elle se dirigea vers l'autre table de chevet et vérifia. Puis elle marcha vers la commode et ouvrit le tiroir du haut.

— Elle n'est pas là. Je vais regarder dans le salon, mais elle l'a peut-être emportée chez Daniel. C'était uniquement pour un usage personnel, donc je ne suis pas sûre que ce soit un problème.

Il opina du chef et inspecta rapidement l'autre table de nuit. Il n'y avait pas grand-chose ici. Il trouva un journal, mais la dernière entrée remontait à plus d'un an. Il était intéressant d'y lire des informations sur Daniel et sur la colère qu'elle avait ressentie lorsqu'elle avait découvert qu'il s'en prenait à son codage au travail. Saul finit avec le journal, alla vers le placard pour un examen rapide, puis vers la commode. Jusqu'à présent, rien ne sortait de l'ordinaire, rien n'indiquait qu'il y ait eu lutte, et il n'y avait certainement pas de lettre de suicide. Jusqu'à présent, c'était comme si elle s'était levée, était sortie et n'était jamais revenue. Les placards et la commode étaient pleins de vêtements.

Il se dirigea vers la cuisine, puis se rendit compte qu'il avait oublié de vérifier la salle de bains. Il la fouilla rapidement, mais ne trouva rien. Il sortit et vit Stone assis à la table de la cuisine, devant l'ordinateur portable ouvert et allumé.

— Il y a un mot de passe ?

Il opina du chef.

— Bien sûr qu'il y en a un. Elle est dans l'informatique. Mais il est beaucoup trop facile.

— Qu'est-ce qui est trop facile ? demanda Rebel.

Stone leva les yeux et lui adressa un sourire.

— Le mot de passe.

Les hommes se retournèrent et la regardèrent. Stone haussa les épaules.

— Trop souvent, les gens utilisent le même au travail et à la maison.

— Elle en avait des compliqués, rétorqua Rebel pour défendre son amie. Mais il y a quelques années, elle a eu un problème avec sa mère qui ne se souvenait plus de son mot de passe pour accéder à son ordinateur portable afin d'effectuer des opérations bancaires. Depuis, sur ses appareils personnels, Tammy s'en est tenue à un mot de passe que sa mère pouvait se rappeler.

Stone acquiesça.

— J'ai déjà vu ce genre de situation se produire auparavant.

— Tu as trouvé quelque chose d'intéressant ?

— Beaucoup d'e-mails entre elle et Daniel. Ils avaient prévu de passer le week-end ensemble. Rien qui ne sorte de l'ordinaire, sauf que ce message vient de Daniel.

Saul pivota devant le silence soudain qui régnait à ses côtés.

Rebel fixa Stone des yeux.

— Ce qui veut dire qu'elle aurait pu être amenée à croire que son ancienne relation se rétablissait, sauf si tous ces e-mails ne provenaient pas de Daniel.

Elle secoua la tête.

— Non, ça n'a aucun sens. Elle était souvent avec lui au travail.

— Étais-tu au courant des conversations qu'ils avaient là-bas ? demanda Merk.

Elle branla le chef.

— Non. Mais elle m'a raconté qu'il avait été beaucoup plus amical.

— Probablement pas au même niveau, tempéra Dakota. Il est possible qu'elle ait été attirée ailleurs après avoir quitté Daniel en colère.

Elle s'assit à la table de la cuisine.

— Mais si c'est le cas, comment la retrouver ?

Saul leva le regard.

— Nous ne pouvons que suivre les miettes de pain. Personne ne peut dire ce que nous trouverons au bout du chemin. Garde la foi, et nous ferons ce que nous pourrons.

Il fit face à Stone.

— Peux-tu retracer l'e-mail ?

— J'y travaille déjà. C'est un système sophistiqué, car ils sont tous les deux des as de l'informatique.

— Ça te dépasse ?

Stone lança un coup d'œil à Saul.

— Ne commence pas.

Saul sourit.

— Je n'essaie pas de t'insulter, je voulais simplement m'assurer que nous n'aurions pas besoin de faire appel à quelqu'un d'autre pour cela.

— Il n'y a peut-être rien à trouver ici.

— Ice peut vérifier ses transactions bancaires depuis deux vendredis en arrière. Elle a déjà cherché des hôtels sur toute la côte. Rien ne prouve qu'elle ait fait une réservation. Nous devrons demander à Ice si les cartes de crédit de Tammy ont été utilisées.

Saul s'éloigna et téléphona à Ice. Il lui expliqua où ils se trouvaient et ce que Stone avait déniché.

Ice confirma :

— Pas d'activité bancaire ni d'action sur aucune de ses cartes de crédit.

— Ce n'est pas bon.

— Ce n'est pas forcément mauvais non plus. Si je m'enfuyais, la dernière chose que je ferais serait d'utiliser mes cartes. Ce serait trop facilement traçable. Il vaut mieux payer en liquide et demander de nouvelles cartes quand on s'installe dans un nouvel endroit.

— C'est vrai. Je n'arrive pas à joindre Benji.

— Benji est maintenant à l'étranger. Il est parti cet après-midi avant que vous n'atterrissiez.

— Cela explique pourquoi il n'a jamais répondu à mes appels.

— Trouve ce que tu peux et appelle-moi ce soir. Ce serait bien d'avoir quelque chose à rapporter.

— Malheureusement, pour l'instant, nous n'avons rien.

Daniel a disparu depuis quelques jours, et cette femme, Tammy, depuis une semaine. La dernière chose que nous savons sur elle est qu'elle a séjourné dans l'appartement de Daniel avec lui. Cependant, l'une des voisines a déclaré avoir vu quelqu'un prendre des cartons dans ledit appartement dans la nuit de vendredi à samedi. Apparemment, il déménageait rapidement. Elle n'a vu personne d'autre et, lorsque nous l'avons interrogée, elle a déclaré ne pas être en mesure de déterminer si Daniel était là.

— Il est donc tout à fait possible que quelqu'un soit entré et ait vidé son logement pour faire croire qu'il avait déménagé.

— Il peut y avoir toutes sortes de raisons à cela, mais oui, il a été nettoyé. Et, comme l'a indiqué Rebel quand elle est entrée, il y avait une forte odeur d'eau de Javel.

Ice soupira.

— Je peux de nouveau consulter la police locale sur l'affaire. Ils nous donneront peut-être quelques détails. J'ai effectué une recherche sur la voiture de Daniel. Elle a été remorquée devant son appartement depuis une zone de stationnement interdit. Je n'ai pas encore trouvé de biens à son nom. Pas de résultat non plus pour les cartes de crédit. Si quelqu'un les a volées, il ne les a pas encore utilisées.

— Ne le dis pas à Benji.

— Je ne dirai rien à Benji tant que nous n'aurons pas de preuves. Il risquerait de mettre la ville en pièces pour retrouver son frère à son retour aux États-Unis.

— Daniel a eu une vie assez difficile, mais il s'améliorait. Selon Benji, il avait beaucoup d'espoir que son frère change de vie depuis la naissance de son fils il y a quatre ans.

Ice soupira lourdement.

— Espérons que nous mettrons bientôt la main sur les

deux personnes.

Et c'est ainsi qu'elle raccrocha, dans le plus pur style de Ice.

Chapitre 4

ELLE AVAIT FAIT ce qu'elle pouvait. Elle ne savait pas quoi faire d'autre. Elle avait fouillé chez Daniel. Elle avait fouillé chez Tammy – deux fois désormais – et avait trouvé l'appartement aussi vide et propre qu'elle l'avait laissé. Il n'y avait aucun signe d'elle. Où pouvait-elle être ?

Stone travaillait sur l'ordinateur portable à côté d'elle à une table, tandis qu'elle s'affalait dans le fauteuil de Tammy. Elle avait passé de nombreuses heures joyeuses ici avec son amie, riant et pleurant, passant en revue toutes les choses qui rendaient la vie si spéciale. Elle voulait absolument savoir ce qui était arrivé à sa meilleure amie. Elle prit son téléphone et composa le numéro de cette dernière. Elle leva les yeux et vit Saul qui l'observait.

— Qu'est-ce qu'ils recherchent ? demanda-t-elle en faisant un signe de tête vers les deux hommes qui travaillaient sur leurs ordinateurs.

— D'autres cas de personnes disparues ou d'enlèvements dans la région. Ils sont à l'affût de tout ce qui pourrait avoir un lien avec les disparitions de Daniel et Tammy.

Il sortit son téléphone.

— Je suis en quête de prêteurs sur gages dans la région. Au cas où celui qui a nettoyé l'appartement de Daniel aurait essayé de se faire de l'argent rapidement.

— Et Dakota ?

Il soupira.

— Dakota a obtenu un résultat sur deux Jane Doe dans la région. Il est allé vérifier personnellement.

Devant son cri de stupeur, il lui tendit la main et déclara :

— Il est déjà arrivé. Aucune n'était Tammy.

Elle le regarda sans mot dire. Rien de tout cela ne lui était venu à l'esprit. Elle sortit son portable et appuya instinctivement sur la touche de recomposition. Puis elle grimaça.

— Je n'arrête pas d'essayer de la contacter. J'espère toujours qu'elle répondra.

Assis à côté de Stone, Merk avait aussi ouvert son ordinateur portable et leva les yeux.

— Quel est le numéro ?

Elle le lui dit, et il l'entra dans l'ordinateur.

Elle le considéra avec intérêt.

— Qu'est-ce que tu fais ?

— Je vérifie de nouveau quand ce numéro a été utilisé pour la dernière fois et à partir de quel endroit, expliqua-t-il à voix basse, les doigts occupés sur le clavier. C'était depuis l'appartement de Daniel. Il y a deux vendredis.

— Quand elle m'a appelée pour m'annoncer qu'elle rentrait chez elle.

Elle se pencha en avant et les dévisagea, attendant une réponse.

— Cela signifie-t-il qu'elle a été attaquée chez lui ?

— Impossible de le déterminer à partir de ces données, déplora Saul à voix basse. Seulement que son téléphone a été utilisé pour la dernière fois chez Daniel.

Elle se redressa.

— Peux-tu le localiser ?

Merk secoua la tête.

— Non. La plupart des smartphones offrent cette possibilité, mais le sien est plus ancien. Soit la géolocalisation n'a pas été installée, soit elle a été désactivée, soit elle est corrompue.

Elle opina du chef.

— En ce qui me concerne, tout le monde devrait avoir un GPS.

— On peut aussi trouver des applications pour aider.

Elle acquiesça.

Ils avaient au moins confirmé quelque chose. Même si ce n'étaient pas les réponses qu'elle espérait, cela donnait de la crédibilité au fait que Tammy avait potentiellement été attaquée chez Daniel.

Merk leva les yeux vers elle.

— Était-elle nerveuse à l'idée de prendre le bus ?

Rebel secoua la tête.

— Tammy était une pro, mais je détestais qu'elle les emprunte la nuit. Je voulais aller la chercher, mais elle était tellement désemparée qu'elle ne voulait rien entendre. Daniel aurait dû la ramener chez elle en toute sécurité.

— Mais s'ils se disputaient, elle aurait probablement refusé son aide.

Rebel acquiesça.

— C'est vrai.

— A-t-elle d'autres amis vers qui elle serait allée ? demanda Saul. Quelqu'un susceptible d'avoir un appartement où elle aurait pu s'installer ou un autre endroit où elle aurait pu s'enfuir un peu le temps de se remettre les idées en place ?

Rebel branla le chef.

— Non, pas à ma connaissance. Tammy aurait contacté sa mère de toute façon.

— Sais-tu si Daniel a un garde-meubles dans son immeuble ?

Elle secoua de nouveau la tête.

— Je ne sais pas. Tammy en a un petit dans son immeuble. Mais après une inondation, elle a tout enlevé pour que les espaces de stockage soient nettoyés, et n'a jamais pris la peine de le réutiliser par la suite.

— Chaque locataire doit en avoir un. Mais nous n'avons jamais pensé à vérifier.

Saul se leva.

— Je vais contrôler celui de Tammy, simplement pour être sûr. Nous ne pouvons pas retourner dans l'appartement de Daniel, car l'équipe médico-légale est en train d'y travailler ou l'a scellé.

Rebel acquiesça.

— D'accord, je viens aussi.

Elle sortit du logement de Tammy avec Saul pour prendre l'ascenseur et descendre au sous-sol. Elle alluma et montra à Saul un compartiment après l'autre. En lisant les numéros, elle les conduisit rapidement dans le coin arrière où se trouvait l'espace de stockage de Tammy. Il était vide, comme elle l'avait dit.

— Je vais voir si je peux aller chez Daniel.

— Je peux venir ? demanda-t-elle.

Il branla le chef.

— Tu restes ici, au cas où Tammy réapparaîtrait, ou si les gars découvrent quelque chose et ont besoin d'informations supplémentaires de ta part.

Il sortit son téléphone et appela Merk, toujours à l'étage dans l'appartement de Tammy.

— Je me rends à l'immeuble de Daniel pour vérifier son espace de stockage. Celui de Tammy est vide. Je vous renvoie

Rebel.

Le portable à l'oreille, il grogna et jeta un coup d'œil à celle-ci.

— Elle peut venir avec moi si vous pensez que c'est mieux.

Saul écouta, puis dit :

— D'accord, très bien. Je reviens dans une demi-heure environ.

Pendant qu'il rangeait son téléphone, elle sourit.

— Alors, c'est d'accord ? Je peux venir ?

Il acquiesça.

— Je ne peux pas dire que ce soit la meilleure décision, mais allons-y.

Sur ce, elle partit en courant devant Saul.

— Dans ce cas, nous prenons ma voiture, je connais le chemin.

TANDIS QU'IL ÉTAIT assis sur le siège passager du véhicule de Rebel pendant qu'elle conduisait, Saul envoya un texto à Merk, lui demandant :

Pourquoi l'emmener avec moi ?

Pour la garder dans les parages. C'est avec toi qu'elle semble la plus ouverte. Elle est la seule à savoir ce qui s'est passé.

Ce qui signifie qu'elle est susceptible de mentir ? Ou de cacher quelque chose ?

J'en doute. Sa peur pour son amie est réelle. Sa haine pour Daniel est tout aussi réelle. Mais elle pourrait se souvenir de quelque chose, quelque chose d'insignifiant pour elle.

Très bien. À bientôt.

Fais attention à toi.

Saul rangea son téléphone, réfléchissant aux paroles de Merk. Rebel était-elle en danger ? Étaient-ils tous en danger ? Si quelqu'un avait tué Daniel dans son propre appartement, le surveillerait-on ? Puis prendrait-on des mesures pour éliminer toute autre menace ? Lorsque vous commettez un premier meurtre, le deuxième est d'autant plus facile.

La seule personne qui se trouvait régulièrement à cet endroit ces derniers jours était Rebel.

Elle se gara de nouveau à l'arrière de l'immeuble de Daniel. Tous deux marchèrent jusqu'à l'entrée et attendirent que quelqu'un sorte pour pouvoir y accéder. Il avait une autre option, mais il ne voulait pas entrer par effraction s'il n'y était pas obligé. Cependant, ils n'eurent pas à patienter longtemps, car un voisin sortit, leur tint la porte et poursuivit son chemin comme si de rien n'était.

Une fois devant chez Daniel, Saul déverrouilla la porte à l'aide de son crochet et entra pour jeter un coup d'œil rapide afin de voir si quelqu'un était venu depuis la dernière fois. Dans l'ensemble, les lieux semblaient inchangés. En y regardant de plus près, il trouva des mèches de cheveux, l'une au niveau de la porte d'entrée et l'autre plus loin à l'intérieur de l'appartement – l'œuvre de Merk. Les gars avaient tous leurs pièges préférés pour s'assurer que personne n'avait pénétré dans une pièce à leur insu pendant leur absence. Cette ruse avait toutes les caractéristiques de Merk. La première mèche s'était délogée lorsqu'il avait ouvert la porte, et la seconde était encore intacte. Conforté par le fait que l'endroit était toujours désert, il se retourna et dit à Rebel :

— Allons au garde-meubles.

En bas, il inspecta les différents couloirs, divisés en de grands compartiments ouverts. L'immeuble était immense, et chaque appartement en avait un.

Il compta les numéros jusqu'à ce qu'il arrive à celui de Daniel. Il s'arrêta devant et le fixa des yeux. Il était plein. Vraiment plein. Il sourit et murmura :

— Bingo.

Il vérifia le numéro à l'extérieur de l'unité pour confirmer qu'il correspondait à celui de Daniel, puis il appela Merk.

— L'espace de stockage est plein d'où je me trouve, mais Rebel n'est pas en mesure d'affirmer que le contenu est celui de Daniel.

— Ce serait à quelqu'un d'autre ? extrapola Merk. Pourquoi quelqu'un nettoierait-il si méticuleusement l'appartement de Daniel, puis laisserait-il derrière lui un garde-meubles rempli ? Il ignorait probablement qu'il en avait un. Parvenez-vous à voir quels types d'objets s'y trouvent ?

— Beaucoup de cartons de déménagement, dont le contenu est inconnu. Quelques snowboards et un vélo.

— Quelle est l'identité du propriétaire de ces objets ?

— Daniel. La zone de stockage est fermée par un cadenas.

Son téléphone sonna une nouvelle fois.

— C'est bon, déclara-t-il.

Il rangea son portable, sortit de nouveau son crochet et s'attaqua au cadenas.

— Nous n'avons pas besoin d'autorisation pour cela. Le nom de Benji est sur le bail, et il nous a donné la permission. Si nous trouvons quoi que ce soit, nous devons le faire savoir à l'inspecteur Wilson.

La lumière était mauvaise ici, donc il dut se fier à son intuition pour forcer la serrure. Cela lui prit environ trente secondes de plus qu'il n'aurait dû. Il se jura néanmoins qu'elle céderait lorsque le dernier clic s'enclencherait. Il retira le cadenas et ouvrit la porte. Un interrupteur se trouvait juste à l'intérieur. Il l'actionna, et une ampoule suspendue jeta une lueur sinistre sur le contenu. Il se dirigea vers la première boîte et l'inspecta ; elle était pleine de vêtements d'hiver, de pulls et de vestes. Il referma les volets supérieurs et s'empara d'un autre carton.

Il répéta le processus pour deux autres contenants, mais le suivant valait de l'or.

— On dirait des déclarations de revenus.

Il ouvrit la boîte, scanna le premier document du premier paquet et confirma qu'il était bien à Daniel.

— C'est un début. Toutefois, si Daniel était impliqué dans la mise en scène de son appartement vide, le fait qu'il ne se soit pas débarrassé de tout ce qu'il y avait dans ce compartiment est suspect.

— Ou alors il a dû partir trop vite. De plus, il a un mois pour revenir et récupérer ses affaires.

Il se tourna vers elle.

— Tu penses qu'il est coupable, n'est-ce pas ?

— Je n'en suis pas sûre. Vous m'avez mis le doute par moments. Mais il constitue le lien le plus étroit avec Tammy pour la retrouver, se justifia-t-elle très calmement. Si ce n'est pas lui, je ne sais pas où chercher.

Il comprenait qu'elle répugne à se séparer d'un suspect, mais elle devait commencer à chercher ailleurs. Beaucoup d'autres options étaient encore à l'étude. Le problème, c'était que sans corps, il n'y avait pas d'issue et souvent pas de réponse.

Le téléphone de Saul sonna de nouveau. Il vérifia l'identité de l'appelant. Ice.

— Oui, nous sommes dans le garde-meubles, mais je ne

trouve rien de pertinent pour l'instant. As-tu obtenu quelque chose avec la société de Daniel ?

— Oui, il avait demandé un congé. Il est parti un mardi et devait revenir aujourd'hui, mais il ne s'est pas présenté.

— Personne au bureau ne l'a vu depuis une semaine ?

— Non. Ses collègues ne savent rien. Ils ont pensé qu'il était malade. Il n'était pas au mieux de sa forme la semaine précédente, alors, quand il a demandé un congé, le patron a supposé que Daniel était en difficulté. Il n'a pas donné d'autre raison que le fait qu'il ne se sentait pas bien.

— Intéressant. Avait-il des amis à qui nous devrions parler au travail ? Quelqu'un qui détiendrait plus d'informations ?

— Oui, Tammy, plaisanta Ice en émettant un petit rire. Le patron a dit qu'il avait failli renvoyer Daniel plusieurs fois au cours de l'année dernière. Tammy avait aussi déposé une plainte contre lui à un moment donné. J'ai parlé au directeur des ressources humaines, Roger Ginrod. Il n'avait pas de nouvelles indications sur elle. Il savait que la police avait ouvert un dossier de personne disparue à son sujet et, jusqu'à ce que j'en parle, il n'avait pas du tout considéré la disparition de Daniel comme douteuse.

— Même quand Daniel ne s'est pas présenté au bureau aujourd'hui ?

— Oui, car ce n'est pas inhabituel pour Daniel. De plus, personne ne l'a remarqué, car son supérieur était en réunion toute la journée.

— Nous avons donc deux personnes volatilisées dans le même bureau. Pourtant, quelqu'un a répondu au téléphone de Daniel, potentiellement Daniel lui-même, pour satisfaire son frère.

— Oui, ce qui signifie qu'il est probable que quelqu'un

d'assez proche de Daniel sache que Benji est un SEAL et qu'il ferait des histoires si quelque chose arrivait à son petit frère.

— Oui, c'est tout à fait possible.

— Peux-tu accéder aux caméras de sécurité de l'immeuble ? demanda-t-il à Ice.

— Nous sommes passés par les voies officielles et avons demandé à la police. Ils ont refusé. C'est une enquête en cours, et ils ne veulent pas partager.

— Donc on passe outre, c'est ça ? extrapola Saul en grimaçant. J'ai parfaitement conscience que nous en sommes capables. Il s'agit simplement d'établir jusqu'où nous sommes prêts à aller.

— Donne-moi encore une heure pour m'occuper de ça.

Il raccrocha, sachant parfaitement qu'elle trouverait un moyen de contourner la voie légale si elle n'avait pas d'autre option. Mais en attendant, il serait bon de déterminer quand Daniel a quitté cette propriété pour la dernière fois. Saul se tourna vers Rebel pour lui expliquer.

— Ils ont essayé d'obtenir un accès légal aux caméras de sécurité de l'immeuble.

— La police a annoncé qu'elle vérifierait les images vidéo ici aussi, déclara Rebel.

Elle sortit son portefeuille et prit une carte de visite.

— Demande à Ice de contacter cet homme. C'est un inspecteur qui s'occupe de l'affaire de Tammy.

Pendant qu'elle regardait, Saul envoya l'information à Ice dans un message rapide.

— Nous aurons peut-être un peu d'action ici après tout.

— Je l'espère. Rien n'a de sens jusqu'à présent.

Ils ne s'étaient pas éloignés de plus de quelques mètres quand Ice rappela.

— Les caméras de sécurité sont restées éteintes tout le week-end où Tammy était là, et les flics soupçonnent Daniel d'avoir piraté le système. L'inspecteur a précisé qu'ils considéraient la disparition de Tammy comme un enlèvement/meurtre potentiel. Mais bien sûr, jusqu'à ce que son corps apparaisse, ou que les méchants prennent contact, personne ne sait ce qui s'est passé avec certitude.

— Collaborera-t-il avec nous ? l'interrogea Saul.

— Il a semblé heureux d'accepter tous les renseignements que nous avions à lui offrir. Il a compris que vous étiez à la recherche de Daniel et que vos affaires se rejoignaient. Je lui ai dit que vous le contacteriez dans l'heure qui suit. Je n'ai pas mentionné le compartiment de stockage, donc, quand tu l'appelleras, cela te donnera quelque chose à partager.

— Sait-il que nous sommes entrés dans l'appartement ?

— Vous avez le droit. Benji vous a donné la permission. Vous avez tous les droits d'entrer et de vérifier.

— Bien.

Saul raccrocha et sourit.

— Au moins, maintenant, la loi est aussi de notre côté.

Chapitre 5

LORSQU'ILS RETOURNÈRENT À l'extérieur, la frustration et la fatigue déferlaient par vagues dans la tête de Rebel. Elle voulait en finir. Mais elle ne voulait pas que cela se termine par un cadavre – pas même celui de Daniel. Elle souhaitait que son amie rentre chez elle saine et sauve, avec son sourire éclatant et ses yeux bleus brillants, dans ce qui avait souvent été un monde sombre et morne pour Rebel. Pourquoi est-ce que c'étaient toujours les gentils qui étaient blessés ? Tammy était même prête à aider les araignées. Qui faisait ça ?

Elle s'appuya sur le capot de sa voiture et se frotta la tempe. La personne qui lui avait infligé ça avait dû laisser un indice derrière elle.

— Tu dois accepter la possibilité qu'elle ait été attaquée sur le chemin du retour. Elle a pu être attaquée à n'importe quel endroit, sans que cela soit lié à la disparition de Daniel.

La voix de Saul était basse.

— Je ne veux rien accepter d'autre que le fait qu'elle soit rentrée saine et sauve, murmura Rebel. Mais j'ai aussi conscience que tous les rêves ne se réalisent pas. Cela fait dix jours maintenant, et cela me terrifie.

Saul acquiesça. Il s'appuya contre le capot de la voiture à côté d'elle.

— La police a dû vérifier les caméras de la ville sur la

route entre chez Daniel et son immeuble. Il est possible qu'ils parviennent à la retrouver quelque part sur son trajet.

— Je ne sais pas s'ils s'en sont occupés. Je ne suis même pas sûre qu'ils aient visionné les vidéos de l'appartement de Daniel.

— Le détective a dit à Ice que les caméras étaient éteintes. Et ça, bien sûr, c'est suspect.

Rebel opina du chef.

— C'est un bel appartement, mais la sécurité n'est pas très élevée. Jusqu'à ce que quelqu'un contrôle les images, personne n'aurait su qu'elles étaient éteintes, n'est-ce pas ?

Il hocha la tête.

— Seuls les appartements haut de gamme ont des agents de sécurité qui surveillent les allées et venues de leurs clients.

— La sécurité elle-même était-elle en panne, ou les caméras ont-elles été détruites ?

Il branla le chef.

— Je n'en ai aucune idée.

— Grande différence. La première option serait due à un piratage informatique, la seconde à un dommage physique.

Elle se retourna et ajouta :

— Pourquoi n'y a-t-il pas de caméras de surveillance à l'extérieur ?

— Il y en a une.

Il désigna une caméra fixée sur la lumière du parking.

— Je ne sais pas si quelqu'un l'a vérifiée ou non.

Il sortit son téléphone et envoya un message à Ice. Quand il eut fini, il remit l'appareil dans sa poche.

— Qu'est-ce que tu vas faire maintenant ?

Elle pivota pour le regarder.

— Je n'arrive pas à croire que je ne te connais que depuis quelques heures, marmonna-t-elle, sans répondre à sa question. J'ai l'impression de te connaître depuis des années.

Il lui sourit doucement.

— Les périodes de stress et de bouleversement comme celle-ci raccourcissent la période d'acclimatation initiale lorsqu'il s'agit de rencontrer et d'apprendre à connaître les gens. On n'a pas le temps de s'attarder sur les subtilités sociales. Souvent, on croise quelqu'un pendant une année entière, un voisin par exemple, mais on ne lui a pas adressé plus de vingt mots pendant tout ce temps. On a toutefois l'impression d'être familier avec lui. Dans notre cas, nous sommes passés directement aux choses sérieuses.

Elle sourit.

— Benji doit être sympa pour que vous vous pliiez en quatre pour l'aider comme ça. Il s'est présenté au bureau pour emmener Daniel déjeuner, mais je ne le connais pas par ailleurs.

— C'est un type formidable. Il travaille dur, il lutte pour notre pays. Si nous pouvons faire quoi que ce soit pour que sa famille soit en sécurité, nous le ferons.

Elle étudia Saul pendant un long moment.

— C'est très patriotique et très empathique. Pourquoi ne t'es-tu pas engagé dans l'armée ?

— J'étais dans l'armée, dans une unité similaire à celle de Benji. J'en suis sorti maintenant. Et je m'efforce d'agir autant que possible dans le secteur privé.

— Oh !

Soudain, elle se sentit beaucoup mieux à ses côtés.

— Je n'avais pas envisagé les choses sous cet angle.

— Comme beaucoup de gens. Pendant que Benji se bat pour nous, il ne peut pas être ici à se battre pour son frère. C'est là que nous intervenons.

— C'est bien. Je veux croire que Daniel a changé l'année

dernière, mais j'ai encore des doutes. Il a brisé le cœur de Tammy la première fois. J'ai été choquée quand elle a rouvert cette porte. Elle a dit qu'il était si sincère et si différent, mais je n'y ai pas cru.

Sentant des larmes chaudes brûler ses yeux, elle les essuya et se racla la gorge. La dernière chose qu'elle voulait, c'était être la femme qui pleure, qui pleure et qui est faible.

— Je ne sais plus quoi faire. J'ai pris le bus entre chez Daniel et l'appartement de Tammy, et je suis revenue plusieurs fois, en quête d'un endroit où elle serait descendue, en quête d'une raison pour laquelle quelqu'un aurait essayé de l'emmener. J'ai parcouru une partie de ces rues en furetant dans tous les recoins. Je n'ai trouvé aucune trace d'elle.

Il lui tendit la main et lui saisit l'épaule.

— Je suis vraiment désolé. Malheureusement, souvent, nous n'obtenons pas de réponse avant des années et des années, voire jamais. Mais cela ne signifie pas que nous perdons espoir.

Elle regarda le trottoir.

— J'ai de l'espoir. Mais je commence à perdre la foi.

D'un commun accord, ils retournèrent chez Tammy, où Merk, Stone et Dakota restaient campés, attachés à leurs ordinateurs. Lorsque Rebel et Saul entrèrent dans la cuisine, un air d'excitation régnait dans les lieux.

— Qu'est-ce qu'il y a de nouveau ? Qu'est-ce qui s'est passé ?

— Benji a laissé son téléphone à Ice pour voir si elle parvenait à retracer son dernier appel à Daniel. Il en a pris un autre pour ses propres besoins pendant qu'il est à l'étranger, expliqua Stone.

— Elle vient d'intercepter un SMS de Daniel, poursuivit

Merk.

— Qu'est-ce qu'il dit ? le questionna Saul.

— Il demande de l'aide.

Ce n'était pas du tout ce à quoi Saul s'attendait.

— Est-ce qu'on a obtenu une localisation à partir du message ?

Stone acquiesça.

— Dans un quartier difficile de la ville. Près des docks.

— Intéressant, lâcha Saul.

— Alors, nous y allons maintenant ? s'impatienta Rebel en se dirigeant de nouveau vers la porte d'entrée.

— Presque, tempéra Merk, hochant la tête en direction de Stone tandis que ses doigts volaient sur le clavier. Nous attendons de voir si nous arrivons à le localiser un peu plus près.

— Je l'ai, annonça Stone.

Il tourna l'ordinateur portable pour afficher un marqueur sur la carte.

Saul observa de plus près. Il connaissait le secteur. C'était une rue mal fréquentée. Il pivota et se rendit vers la porte d'entrée.

— Allons-y.

— Du nouveau sur Tammy ?

Dakota considéra Rebel et branla le chef.

— Je suis désolé.

Se mordant la lèvre inférieure, elle acquiesça.

— Je vais aller avec Saul.

Les hommes se levèrent, secouant la tête.

— Pas question, dit Stone.

Saul ajouta :

— Je te préviendrai dès que nous aurons trouvé quelque chose.

Elle les regarda fixement.

— Je dois découvrir ce qui est arrivé à Tammy.

— Et nous ferons tout ce que nous pourrons pour la retrouver. Mais nous devons d'abord mettre la main sur Daniel. C'est notre priorité. Nous l'avons localisé. S'il est en mesure de nous aider à retrouver Tammy, c'est encore mieux. Mais nous devons l'attraper.

— Elle est peut-être avec lui.

— Dans ce cas, on les sauvera tous les deux.

Elle se mordit la lèvre inférieure et les dévisagea, puis finit par acquiescer. Mais elle les suivrait quand même.

Les hommes disparurent par la porte d'entrée. Elle se retrouva seule dans la cuisine de Tammy. Elle ferma rapidement l'appartement de son amie et courut jusqu'à son propre véhicule. Ils ne sauraient pas si elle rentrait chez elle ou non, mais elle préférait ne pas être vue, sinon ils l'arrêteraient pour l'interroger.

Les deux hommes montèrent dans la Jeep et quittèrent le parking. Elle resta à quelques pâtés de maisons derrière eux. Elle saisit l'emplacement des docks dans le GPS de son véhicule et attendit qu'il lui indique le meilleur itinéraire. En restant suffisamment éloignée de la Jeep pour ne pas être visible, mais suffisamment proche pour ne pas les perdre de vue, elle se dirigea dans la même direction.

— Tu crois qu'elle va nous suivre ? demanda Merk à Saul.

— Absolument. Elle est déterminée à sauver son amie.

— Admirable, mais insensé si elle n'est pas équipée pour affronter le danger auquel elle risquerait d'être confrontée, ajouta Stone.

— Elle a du cran. Et elle est loyale. Pour elle, Daniel est

responsable de la disparition de sa meilleure amie. Il est hors de question qu'elle nous laisse mettre la main sur lui et la priver de cette opportunité d'en savoir plus sur Tammy.

— Les gars, les interrompit Dakota. C'est peut-être un leurre, une ruse, tout comme ces e-mails envoyés à Tammy qui étaient censés provenir de Daniel aussi.

Les autres hochèrent la tête, tous plongés dans leurs propres pensées.

Dix minutes plus tard, ils atteignirent une intersection en forme de T, au cœur des docks, l'eau devant eux. Saul tourna à droite, s'arrêta à l'angle d'un des bâtiments industriels et éteignit les phares de la Jeep. Ils sortirent tous du véhicule en silence et se mirent à fouiller les lieux – un très grand hangar principal et plusieurs annexes plus petites. Un parking sombre longeait l'un des édifices. On aurait dit un entrepôt abandonné. Et ce n'était jamais bon signe.

Merk et Stone s'occupèrent de l'avant. Saul et Dakota se glissèrent à l'arrière, vérifiant d'abord une petite dépendance de la taille d'un abri de jardin. Elle était vide, la porte pendait de travers sur ses gonds. Ils s'approchèrent ensuite de l'arrière de l'entrepôt abandonné, dont les fenêtres du rez-de-chaussée étaient en grande partie brisées. Ils ouvrirent discrètement la porte, sans être surpris de la trouver déverrouillée.

Inutile de verrouiller quelque chose si l'on peut y accéder par les fenêtres brisées.

Ils entrèrent et écoutèrent, mais ne trouvèrent que le silence. Ils fouillèrent rapidement le rez-de-chaussée. Il était vide. Ils rejoignirent les deux autres membres de l'équipe au milieu et se séparèrent de nouveau ; chaque binôme monta l'un des deux escaliers pour vérifier l'étage.

Malgré le courrier électronique, ils n'avaient aucune garantie que Daniel ait jamais été dans ce bâtiment. Rien ne certifiait non plus qu'il soit encore là ni même qu'il ait lancé l'appel à l'aide.

Là-haut se trouvaient des pièces – probablement utilisées comme bureaux à un moment donné – de part et d'autre d'un couloir. Saul crut entendre quelque chose. Un doigt sur les lèvres, il se glissa sur le côté, le long d'un mur. C'était peut-être un reniflement. Quelqu'un dormait ? Ou peut-être essayait de dormir. Il jeta un coup d'œil dans l'obscurité, attendant que ses yeux s'habituent. Il n'y avait pas de fenêtre à ce niveau, et le soleil du soir s'était couché, ne laissant qu'une obscurité lugubre. Ce n'était pas le noir absolu de la nuit, mais plutôt des ombres. Il scruta furtivement la première pièce, traversa tranquillement le couloir pour vérifier la pièce opposée. Il n'y avait rien. Il adressa un signe à Dakota qui partit dans la direction opposée.

Saul le suivit, et ils balayèrent rapidement la troisième pièce du regard, découvrant dans le coin le plus reculé des emballages de nourriture vides. De fast-food, de barres chocolatées. Ils froncèrent les sourcils et repérèrent une pile de couvertures dans un autre angle. Ils continuèrent à explorer l'étage jusqu'à ce qu'un bruit sourd et distinctif retentisse dans le bâtiment. Ils se figèrent instantanément, attendant un autre son, puis firent marche arrière et marchèrent vers la source.

Arme au poing, ils s'approchèrent du dernier hall à fouiller à l'étage. Encore des bureaux vides, encore des bruits de pas dans la poussière et la saleté. En état d'alerte, ils tournèrent encore à un coin, prêts. Ils trouvèrent Stone et Merk dos à dos, debout au-dessus d'un corps sur le sol, leurs flingues prêts à l'emploi.

Merk fit un geste de la main, signifiant à Dakota de se

lancer à la poursuite du tueur. Celui-ci fila sans un bruit.

Saul s'approcha et chuchota :

— C'est Daniel ?

Stone secoua la tête. Il utilisa la lampe torche de son téléphone portable pour éclairer le visage du corps, le sang s'écoulant encore de sa blessure.

— On dirait un sans-abri.

— C'est possible, mais cette entaille au cou a été faite par un couteau bien aiguisé, nota Merk.

— On pense que c'est l'œuvre de Daniel ? demanda Saul.

Stone branla le chef.

— Je ne suis pas sûr de ce qui se passe. Je pense que quelqu'un en a après Daniel et qu'il a trouvé cet homme à la place. Ce type était au mauvais endroit au mauvais moment et est devenu un dommage collatéral.

Le téléphone de Merk vibra. Après quelques secondes d'écoute, il dit :

— Revenez.

En empochant son portable, il annonça à Stone et Saul :

— Il s'est enfui.

Ils inspectèrent le reste de la pièce, mais ne trouvèrent pas d'autres traces de sang. Un seul homme était mort ici ce soir-là, et ce n'était pas Daniel.

— Merde ! Daniel est parti.

— Parti ou jamais venu ici.

Les hommes se regardèrent les uns les autres avec des visages sinistres.

— Qu'est-ce qui se passe ?

Chapitre 6

ELLE SE GARA à côté de la Jeep et sortit de sa voiture en rampant. N'importe quel autre jour, elle serait à des kilomètres d'ici, mais pour sauver Tammy, elle braverait même cette partie de la ville. Heureusement, les hommes étaient quelque part devant elle. Elle ne savait pas s'il serait utile qu'ils la voient, car ils seraient très énervés. Mais elle ne pouvait pas se permettre de rester en arrière. Tammy était là, quelque part, tout comme Daniel était là, quelque part. Et elle était sûre que si elle trouvait l'un, elle trouverait l'autre. Elle se faufila dans le bâtiment, sa peau se gorgeant de sensations accrues.

Les ombres sombres se déplaçaient avec menace, faisant écho au vide qui sentait l'urine et le danger. Frissonnante, mais déterminée, elle avança de quelques pas prudents, fouillant les couloirs et les pièces du rez-de-chaussée. Toutes étaient vides. Les gars devaient bien être ici ou là. Distinguant des pas, elle se cacha derrière un poteau. Elle ne savait pas si c'était l'un des hommes ou quelqu'un d'autre. Puis elle se rendit compte que les pas étaient ceux d'une seule personne qui montait les escaliers. Merde. Elle se mordit la lèvre et prit une décision rapide.

Les gars étaient ici, et, s'ils n'étaient pas au rez-de-chaussée, ils devaient être à l'étage avec un intrus qui se glissait jusqu'à eux. Elle espérait ne pas avoir signé son arrêt de mort en s'approchant de la cage d'escalier, qu'elle trouva vide. S'était-elle trompée sur ce qu'elle avait perçu ? Se tenant à l'écart, elle se faufila dans les escaliers, soulagée d'entendre la voix de Saul. Les mecs étaient donc là. Lorsque Saul prononça « Homme mort », son cœur se figea.

Elle courut sans bruit dans la direction des voix, s'arrêta sur le seuil de la porte et étudia la pièce. Elle vit les gars autour d'une silhouette recroquevillée sur le sol. Du coin de l'œil, elle distingua le murmure d'une ombre et pensa aux bruits de pas qu'elle avait cru entendre plus tôt. Elle revint en arrière jusqu'à une pièce plus loin et se glissa à l'intérieur.

Elle sortit son téléphone et, au risque que le rétroéclairage ne révèle sa position, envoya un message rapide à Saul. **Vous n'êtes pas seuls**. Elle serra son portable contre sa chemise, cachant la lumière qui devrait bientôt s'éteindre. Avec un peu de chance, avant que le mauvais type ne la voie et ne l'attrape. Elle n'avait même pas d'arme. Quelle bêtise de sa part.

Elle fit un rapide tour d'horizon de son environnement. Il n'y avait rien ici, pas même un bâton. Cet endroit était plein de poussière et d'ordures. Il semblait abandonné depuis des années. Elle attendit dans l'ombre, le souffle court. Son instinct lui disait de descendre en courant jusqu'à sa voiture et de se tirer d'ici avant d'être impliquée dans quelque chose dont elle serait incapable de se sortir.

Elle recula le long du mur jusqu'à atteindre un coin et patienta tranquillement. De son point d'observation, elle espérait voir quiconque entrerait dans la pièce avant qu'il ne la remarque. Si l'intrus s'avançait assez loin, elle arriverait peut-être à se faufiler derrière lui et à franchir la porte, ce qui lui donnerait quelques secondes d'avance.

Elle sursauta lorsque son téléphone vibra dans sa main.

Elle prit de nouveau le risque que le rétroéclairage soit perçu par le méchant pour lire le message. De Saul.

Reste cachée.

Vraiment ? Tu me prends pour une idiote ? Bien sûr que je reste cachée. Enfin, du mieux qu'elle pouvait dans un entrepôt vide. Elle était coincée dans un coin avec des murs de chaque côté, son portable s'allumait et risquait de révéler sa position, mais elle n'avait pas d'autre endroit où se tapir.

Puis elle entendit des pas courir dans le couloir, juste de l'autre côté du mur derrière lequel elle se trouvait. Une bagarre s'ensuivit, des voix s'élevèrent, mais elles étaient maintenant trop éloignées pour qu'elle soit en mesure de les distinguer clairement. Elle sursauta silencieusement et s'effondra sur le sol. Puis vinrent les cris.

— Rebel, tu es là ?

Elle se figea. C'était Saul. Du moins elle l'espérait. Et si c'était quelqu'un d'autre ? C'était peut-être une ruse.

Elle entendit ensuite Merk.

— Rebel, tout va bien. Ils sont partis. Où es-tu ?

Puis tout devint silencieux. Trop silencieux.

Elle percevait une respiration lourde tout près de l'endroit où elle n'avait vu personne plus tôt. L'intrus était-il dans la pièce avec elle ? Était-il juste à l'extérieur, dans le couloir, appuyé contre le même mur qu'elle ? Quelqu'un d'autre se trouvait dans ce bâtiment. Elle se figea, essaya de calmer la panique qui l'habitait.

De sa position actuelle, elle pouvait entendre une respiration – là où il n'aurait pas dû y en avoir. Une respiration qui indiquait que quelqu'un d'autre attendait ici.

— Elle doit être ici.

— À moins qu'elle ne se cache encore.

— Ou qu'elle soit partie ?

— Où ? Jusqu'à sa voiture.

Elle ferma les yeux, envoyant à Saul un appel à l'aide mental.

— Chut.

Le silence s'installa.

Même la respiration près d'elle s'était arrêtée.

Elle serra sa poitrine contre ses genoux, retint son souffle et attendit que des pas s'approchent. Le bruit d'une personne. De plus en plus près. Elle voulut hurler. Elle plaqua sa main sur sa bouche pour faire taire les cris qui menaçaient d'éclater. Elle ferma les yeux et écouta les bruits de pas lointains et les cris des hommes qui se poursuivaient à l'autre bout de l'étage. Aussi, lorsqu'une lumière éclaira son visage, elle hurla.

— Ce n'est rien. C'est moi, dit Saul. C'est moi.

Elle le regarda, figée. Il lui tendit les bras et la tira sur ses pieds afin de l'envelopper contre son torse. Le simple fait de savoir qu'il était là, qu'elle n'était pas seule, que le type à la respiration lourde ne la trouverait pas sans protection, vulnérable et attaquable, l'incita à s'enrouler autour de lui et à le serrer contre elle. Il fallut que ses mains caressent doucement son dos pendant quelques minutes pour qu'elle se rende compte à quel point elle tremblait. Il lui murmura des mots doux à l'oreille. Des mots qu'elle comprenait à peine. Elle se concentra dessus.

— C'est bon. Calme-toi, Rebel. Tout va bien.

Finalement, elle pencha la tête en arrière et respira profondément.

— Vous l'avez trouvé ?

— Trouvé qui ?

Elle désigna l'embrasure de la porte.

— Un homme derrière cette porte. Je l'entendais respirer. Un ton lourd, rauque, guttural qui m'a terrifiée.

Il se précipita vers la porte. Elle entendit ses pas. Elle grimaça, détestant se retrouver de nouveau seule, mais il revint presque aussi vite.

— Qui que ce soit, il est parti maintenant.

Il marqua une pause.

— Et c'est pour ça que tu n'as pas crié quand on t'a appelée ?

Elle le dévisagea, le regard toujours aussi effrayé.

— Je n'osais pas révéler ma position. Il était plus proche que vous.

Saul acquiesça.

— Je m'en doutais.

Il la secoua doucement.

— Que fais-tu ici ? Pourquoi n'es-tu pas partie ?

— Même si cet endroit me terrifie, je voulais être ici. Si je peux trouver quoi que ce soit susceptible de m'aider à sauver mon amie, je n'hésite pas, déclara-t-elle avec une détermination sans faille. Je me fiche de savoir si c'est stupide ou dangereux.

Il gémit.

— J'ai conscience que c'est difficile, chérie. Mais ce n'est pas en te blessant que tu aideras Tammy. Ou en nous distrayant d'un meurtrier et maintenant de cet autre type.

Elle repoussa les mèches de cheveux qui tombaient sur son front.

— Je le sais. Vraiment, comment est-ce que je suis censée agir ? Je ferais n'importe quoi pour la sauver.

Il se retourna, lui passa un bras autour des épaules et l'entraîna hors de la pièce.

— C'est ici que tu as cru voir quelqu'un se tenir ?

Il désigna le mur juste à l'extérieur de la pièce où elle

s'était cachée.

Rebel acquiesça.

— Oui.

Il tourna sa lampe de poche pour étudier l'endroit. En dehors de traces de pas difformes dans la poussière, il n'y avait rien.

— Une idée de son identité ? demanda-t-elle.

— Non. Nous avons trouvé un homme mort, un sans-abri à ce qu'il semble. Mais il n'est pas décédé depuis longtemps.

— Vous êtes sûrs que ce n'est pas Daniel ?

Il lui jeta un coup d'œil.

— Ce n'est pas Daniel, et je doute que ce soit lui qui l'ait tué.

Elle haussa les épaules.

— Comment peux-tu en être aussi sûr ?

— Parce que nous connaissons son frère. Daniel est peut-être un loser dans la vie et quelqu'un que nous aimerions voir se ressaisir, prendre ses responsabilités et devenir un homme meilleur, mais cela ne signifie pas qu'il est complètement à rayer de la carte. Chaque fois qu'une opportunité se présente, nous donnons cette chance aux gens.

SA DÉTERMINATION À retrouver son amie était admirable. Mais bon sang, il avait failli avoir une crise cardiaque lorsqu'il l'avait vue accroupie dans le coin. Il avait cependant conscience qu'il n'y avait aucun moyen de la raisonner. La loyauté était quelque chose qu'il comprenait. Il était impossible de la faire changer d'avis sur ce caractère qu'il comprenait parfaitement. Il savait qu'elle était déterminée à les suivre. Mais quand il avait constaté les abords des docks, les bâtiments abandonnés et l'état de décrépitude général de la zone, il avait espéré qu'elle ferait demi-tour. Ou au moins qu'elle reste dans sa voiture. Toutefois, bien sûr, elle ne l'avait pas fait. Lorsqu'ils avaient trouvé le mort, Dakota avait pris la direction de son meurtrier, mais il était évident que plus d'un intrus s'était trouvé ici.

Le fait de penser qu'elle avait entendu la respiration d'un homme, suffisamment lourde et rude pour qu'elle réalise que celui-ci était très près d'elle, comme de l'autre côté de la pièce, lui faisait froid dans le dos. Il n'y avait pas eu grand-chose entre elle et l'intrus. Il ne savait pas si elle avait suivi un entraînement d'autodéfense pour se débrouiller dans une telle situation, mais personne n'avait jamais assez de compétences. Être ici, c'était chercher les ennuis. Il était simplement reconnaissant de l'avoir trouvée avant que quelque chose de grave ne se produise.

Il la poussa vers l'endroit où il avait laissé Stone. Même si Saul ne pensait pas qu'il y ait encore quelqu'un dans les parages, il ne pouvait pas laisser le sans-abri ici, mais il ne voulait pas non plus qu'elle voie le cadavre.

— Rejoignons les autres. Ce sera bientôt le chaos. Les flics sont en route.

Elle lui jeta un coup d'œil.

— Se soucieront-ils suffisamment d'identifier le corps ? Qui lui a fait ça ?

Il acquiesça.

— Oui, ils s'en soucieront. La gorge tranchée du type montre clairement qu'il a eu affaire à un pro.

— L'assassin est donc plus important que sa victime ? demanda-t-elle avec incrédulité.

Il fronça les sourcils.

— Ce n'est pas ce que je voulais dire. Ne déforme pas mes propos.

Elle s'emporta :

— Pourquoi ? Je n'ai pas vu les flics s'inquiéter du cas de Tammy.

— Tu ne sais pas s'ils n'ont rien fait non plus. Le problème, c'est qu'elle a disparu et qu'ils ne peuvent suivre qu'un nombre limité de pistes avant de se retrouver dans une impasse. Et quand c'est le cas, comment veux-tu qu'ils procèdent ensuite ? Ils ne peuvent pas la sortir de nulle part. Si elle a volontairement disparu, elle a fait un sacré bon travail. Si elle a été enlevée ou tuée et qu'aucun indice n'a été laissé derrière elle, il est très difficile d'enquêter davantage lorsqu'ils ont épuisé les pistes qu'ils ont. Parfois, il faut se poser et attendre.

— J'en suis consciente, admit-elle. Je suis simplement frustrée de ne rien trouver.

— Et la police dispose de bien plus de moyens. Ils ne l'ont pas oubliée. En outre, en apprendre plus sur cet homme et son assassin est aussi crucial pour permettre à la famille du défunt de passer à autre chose que pour retrouver Daniel et Tammy.

Elle repoussa sa main et prit ses distances en s'éloignant d'un pas. Il se retourna et vit Merk, Stone et Dakota se diriger vers eux.

— Vous les avez attrapés ?

— Non, rétorqua Stone, visiblement exaspéré.

— Ils se sont échappés tous les deux ? demanda Rebel, la voix incrédule. De vous quatre ?

Les gars orientèrent leurs regards vers elle, la colère et la frustration se lisant clairement sur leurs visages. Saul tendit la main et lui serra le bras.

— Oui, tous les deux. Il fait sombre. C'est leur territoire. Ils doivent avoir des passages secrets que nous ne connaissons pas.

Elle soupira.

— Écoutez, je suis désolée. Je ne vous reproche pas de ne pas être assez performants ou quoi que ce soit. J'espérais simplement que nous trouverions quelque chose d'utile ici.

— Et ce sera peut-être le cas. Sois patiente.

Saul pivota vers les autres.

— Je suppose qu'il n'y a pas d'électricité ici, n'est-ce pas ?

— Même s'il y avait encore du courant, il n'y a aucune ampoule en état de marche, dit Dakota à côté de lui. Les flics sont à environ dix minutes. J'ai déjà appelé Ice.

— D'accord, elle va relier cette affaire à celles de Tammy et de Daniel.

— C'est déjà ça, concéda Rebel. En faisant appel à la police scientifique, ils parviendraient peut-être à dénicher quelque chose.

Elle se tourna pour étudier le bâtiment, puis haussa les épaules.

— Mais j'ignore comment ils arriveraient à trouver quoi que ce soit ici.

— Et c'est bien là le problème. Aucun service de police n'a les moyens de relever les empreintes digitales d'un lieu aussi vaste ou de rechercher de l'ADN parmi tous ces déchets. Cet endroit est un paradis pour les sans-abri et un véritable cauchemar hygiénique. Il est probablement squatté depuis des décennies.

Merk éclaira la victime avec la lumière de son téléphone portable et demanda :

— Quelqu'un a contrôlé son identité ?

Dakota prit la parole.

— Oui. Il n'a rien sur lui.

— Avez-vous vérifié ses chaussures ? intervint Rebel.

Les hommes pivotèrent vers elle. Elle haussa les épaules.

— J'ai entendu dire que certains sans-abri gardaient leurs objets de valeur dans leurs chaussures. Tout le monde fouille leurs poches et leurs sacs à dos, leurs chariots et leurs cabas, mais personne ne vole leurs chaussures usées. La seule fois où l'on enlève leurs chaussures, c'est quand ils sont morts.

Dakota s'avança et déclara :

— Je n'ai pas vérifié. Mais j'y vais de ce pas.

Il sortit une paire de gants de sa poche, les enfila et retira les chaussures des pieds de la victime. Sous la semelle de l'une d'entre elles se trouvait un billet de vingt dollars.

— Intéressant.

— Vingt dollars, c'est beaucoup d'argent pour cet homme.

L'autre chaussure contenait un médaillon. Rebel se précipita.

— Laisse-moi voir ça.

Dakota le tint dans ses mains gantées.

— Ne le touche pas, simplement au cas où.

Elle secoua la tête.

— Il n'y aura pas d'empreintes digitales là-dessus, tempéra-t-elle. Je dois l'ouvrir. Il ressemble beaucoup à celui de Tammy.

Ayant du mal à manipuler le minuscule mécanisme, Dakota réussit finalement à ouvrir le médaillon. À l'intérieur se trouvait la photo d'une femme et d'un enfant.

— C'est celui de Tammy.

Rebel regarda fixement le mort.

— Où l'a-t-il trouvé ?

— Cela pourrait expliquer pourquoi il est mort, déclara Saul d'une voix déterminée. Viens ici, loin du corps, s'il te plaît.

Elle se retourna pour le considérer.

— Ça te dégoûte ?

— Non. Mais je respecte les morts.

Elle grimaça.

— Encore une fois, je suis navrée. Je me concentre tellement sur une chose que j'ai tendance à oublier toutes les subtilités qui l'accompagnent.

— Même si nous admirons ta détermination à aider ton amie, tu ne dois pas entraver l'enquête de la police. Quelqu'un a tué ce gars, et il mérite justice autant que la personne qui a peut-être blessé Tammy.

Elle acquiesça et recula.

— C'est quand même un indice. D'une manière ou d'une autre, au cours de ses voyages, que je n'imagine pas très lointains, cet homme est tombé sur le médaillon de Tammy. Le fait qu'il était dans sa chaussure signifie soit qu'il valait la peine de le garder, soit qu'il voulait le cacher.

Elle pivota vers Dakota.

— Y avait-il quelque chose dans ses poches ?

Il secoua la tête.

— Elles ont été vidées.

Elle acquiesça.

— Il y a des chances que quelqu'un ait cherché le médaillon.

— C'est une hypothèse que nous ne pouvons pas nous permettre d'envisager, avertit Merk. Nous suivons les preuves. Nous trouvons des indices. Les suppositions sont utiles pour discuter des hypothèses et des options. Mais nous ne sommes pas encore en mesure de compter dessus.

Elle grogna et fixa le plafond sombre des yeux.

— Je comprends cela. Je dois seulement trouver Tammy.

Saul l'observa.

— Nous comprenons ce que tu ressens. C'est pourquoi nous sommes ici.

Il l'étudia pendant un long moment.

— Y a-t-il une autre raison ?

— Non. C'est simplement une très bonne amie à moi.

Ils entendirent alors les sirènes. Dakota dit :

— Je vais les ramener en haut.

Dès qu'il disparut, Rebel annonça :

— Je vais descendre et attendre.

— Attendre quoi ? demanda Merk.

Elle lui lança un regard.

— Attendre ce que vous ferez ensuite.

— Tu veux dire que si on ne t'inclut pas, tu nous suivras ? extrapola Stone.

Stone était un homme si grand, mais si doux. Rebel ne s'offusqua pas.

— Oui, je vous suivrai. Si vous me conduisez à Daniel, Daniel me conduira à Tammy.

Elle tourna sur ses talons pour descendre dans l'obscurité.

Saul jeta un coup d'œil aux autres, le regard interrogateur. Ils s'observèrent les uns les autres, puis hochèrent la tête.

— D'accord, dit Saul. Je reste avec elle. Tenez-moi au courant.

Chapitre 7

REBEL NE SAVAIT pas quoi faire. La façon dont le médaillon de Tammy s'était retrouvé dans la chaussure de ce vagabond était un mystère qu'elle n'était pas en mesure de résoudre pour l'instant. Elle avait été choquée par le sort de ce pauvre homme, mais le fait d'avoir vu ce médaillon si mal placé lui paraissait tellement anormal qu'il lui fallait absolument sortir de là.

Elle s'élança dans les escaliers sombres, sachant qu'elle allait à une vitesse qui lui garantirait une cheville cassée en cas de faux pas. Mais elle ne pouvait pas se retenir, elle ne pouvait pas s'empêcher de s'échapper d'ici. Elle ne voulait pas non plus s'en aller en voiture, car la police devait comprendre l'importance de cet indice. Tammy portait toujours ce médaillon. Elle l'aimait beaucoup. C'était un lien avec sa mère, qui portait toujours un médaillon assorti.

Rebel ne cessait de craindre que Tammy était morte. Elle ne renoncerait jamais volontairement à ce collier. Et s'il lui avait été enlevé… Non, Rebel ne pouvait pas laisser son esprit aller dans cette direction.

Une fois à l'extérieur, sa course effrénée ralentit. Les policiers étaient partout. L'un d'eux lui fit signe. Elle le regarda, n'étant pas encore sûre d'être disposée à lui parler.

Soudain, un bras puissant se tendit sur ses épaules. Elle ne sursauta même pas de surprise. Elle connaissait le contact de Saul. Il la conduisit aux forces de l'ordre et les présenta tous les deux. Elle resta silencieuse, ne sachant pas comment se remettre de ce choc.

— Le médaillon, dit l'agent. Vous êtes sûre qu'il vient de votre amie Tammy ?

Elle hocha la tête d'un air engourdi.

— Elle le portait toujours, chuchota-t-elle. Il lui était très précieux.

Le policier acquiesça.

— Nous allons prendre votre déposition à tous les deux. Pouvez-vous venir au poste demain matin ?

Elle frémit, puis acquiesça.

— Je peux.

— C'est bon pour nous aussi, confirma Saul. Les autres hommes sont à l'étage avec le corps.

L'officier la considéra et déclara :

— J'ai besoin de vos coordonnées et de votre adresse. Et s'il vous plaît, restez en ville pendant que nous faisons toute la lumière sur cette affaire.

Elle s'entoura la poitrine des bras et répliqua :

— Je n'irai nulle part tant que je ne saurai pas où se trouve mon amie.

Elle lui donna les informations qu'il avait sollicitées, reconnaissante de ne pas avoir à rester ici trop longtemps.

Quand elle le put, elle se dirigea vers sa voiture, la déverrouilla et s'assit sur le siège du conducteur. Lorsque le côté passager s'ouvrit et que Saul se glissa à côté d'elle, elle ne fut pas surprise non plus. Elle fixa son regard sur le bâtiment devant elle.

Malgré sa course effrénée pour fuir cet endroit, c'était le seul lien qu'elle avait avec Tammy, et c'était si difficile de le quitter désormais. Elle avait également conscience qu'elle ne pouvait rien faire d'autre ici. La police allait inspecter l'édifice de fond en comble. Elle les avait déjà vus installer des générateurs à l'extérieur pour leur fournir l'électricité nécessaire au fonctionnement des lampes portables transportées à l'intérieur. Elle ne pouvait qu'espérer que le corps de Tammy ne gisait pas dans un coin, sans amour et oublié du monde. Un sanglot se fit entendre au fond de sa gorge. Elle plaça une main sur sa bouche et ferma les yeux. Elle était proche du point de rupture, mais elle n'osait pas craquer maintenant. Elle n'était pas capable de conduire dans ces conditions, et elle ne voulait pas que Saul la voie dans cet état malgré tout.

— Quels sont vos projets maintenant ? le questionna-t-elle.

— Nous allons retourner dans notre logement provisoire pour la nuit, dit-il calmement. Nous reprendrons l'affaire demain matin.

Elle secoua la tête.

— Vous n'êtes ici que depuis peu. Regarde tout ce que vous avez trouvé.

Elle se retourna pour le considérer.

— J'essaie depuis toujours de dénicher des informations et je n'arrive à rien.

— C'est parfois comme ça que ça marche.

Elle le dévisagea sans mot dire, puis sentit la résurgence des larmes au fond de ses yeux.

— Elle est morte, n'est-ce pas ?

Il s'approcha, la saisit par les épaules et la secoua doucement.

— Non. Tu ne peux pas penser comme ça.

Il l'attira dans ses bras et l'étreignit. Il lui semblait que personne n'avait été là pour elle depuis si longtemps qu'elle se demandait si elle pouvait s'appuyer sur lui, ne serait-ce que pour le moment. Avec tout ce qui se produisait, une myriade d'émotions bouillonnait en elle, la submergeant. Elle fondit en larmes.

Il ne prononça pas un mot, la serrant simplement contre lui.

Une fois sa tempête émotionnelle passée, elle releva la tête, qui était restée blottie contre son épaule, et regarda l'obscurité.

— Je ne supporte pas d'imaginer qu'elle est perdue et brisée quelque part, que quelqu'un lui a peut-être infligé quelque chose. Elle était si spéciale.

Il se leva doucement et essuya les larmes sur les joues de la jeune femme.

— Ne parle pas d'elle au passé. Nous devons continuer à espérer qu'elle est en vie.

Elle acquiesça, s'installa sur le côté de la voiture et sécha ses larmes.

— Je devrais rentrer chez moi et me reposer.

— Oui, tu devrais. Il y a probablement plusieurs jours que tu n'as pas eu une bonne nuit de sommeil.

— Je ne dors pas, rit-elle. Comment le pourrais-je ?

— Et encore une fois, tu ne lui seras d'aucune utilité si tu n'es pas capable de prendre soin de toi.

Il étudia son visage.

— Laisse-moi te raccompagner. Tu n'es pas en état de conduire.

Elle observa ses mains, qui tremblaient encore sous le choc. Elle prit une grande inspiration et se dit qu'il fallait se ressaisir. Mais son discours d'encouragement échoua lamentablement.

Un coup frappé à la vitre du côté de Saul la fit sursauter.

Il la baissa, et Stone se pencha pour dire :

— Nous sommes prêts à aller chez Richard.

Saul acquiesça.

— Je vais la raccompagner. Vous pouvez nous suivre et me ramener ?

Il désigna Rebel.

— Elle n'est pas en état de conduire pour l'instant.

Stone examina son visage et acquiesça.

— On vous suit.

Il tapota le toit de la voiture et se dirigea vers la Jeep de Saul, les clés à la main.

Il la considéra.

— D'accord ?

Elle opina du chef et lui tendit les clés, et ils échangèrent leur place. Elle le regarda démarrer sa vieille voiture et quitter l'allée en marche arrière. Il maniait le véhicule avec une compétence qui ne la surprenait pas. Sur ce, elle s'installa confortablement et laissa quelqu'un d'autre s'occuper d'elle pour une fois.

IL SE DOUTAIT qu'elle acceptait rarement de l'aide. Qu'elle s'en rende compte ou pas, elle avait une carapace qui la protégeait la plupart du temps. Mais elle avait atteint une limite personnelle. Il l'avait vue faire à maintes reprises. Non seulement elle s'était battue pour retrouver son amie, mais les cadavres l'avaient troublée. La découverte de ce médaillon était un grand pas en avant, mais c'était aussi un grand pas en arrière pour comprendre où était Tammy. Cela ne signifiait pas qu'elle était morte, mais après dix jours, l'apparition d'un tel objet n'était pas de bon augure.

Saul ne voulait pas quitter la scène de crime. Il ne pouvait qu'espérer que la police partage les informations qu'elle avait dénichées. Il avait l'intention d'y retourner à la lumière du jour pour voir s'il parviendrait à trouver des preuves de la présence de Tammy dans ce bâtiment.

De plus, il allait vérifier les lieux où le sans-abri avait l'habitude de traîner. Ce n'est pas parce qu'il était dans l'immeuble à la fin de sa vie que Tammy y était aussi. Elle aurait pu se trouver n'importe où sur sa route. Il aurait pu prendre le médaillon sur son cadavre. Ou il aurait pu le voir sur le sol à un endroit où elle aurait été impliquée dans une lutte. Les possibilités étaient infinies.

Il se rendit à l'appartement de Rebel. Il connaissait bien le quartier. Il avait des amis qui vivaient non loin de là. Lorsqu'il arriva devant un grand immeuble en brique, il lui donna un coup de coude.

— C'est chez toi ?

Surprise, elle le regarda, l'air hébété.

— Comment as-tu su où j'habitais ?

— Je t'ai entendue le dire au policier.

Elle avait le droit d'être soupçonneuse. Mais il ne voulait pas qu'elle se méfie de lui. Elle réfléchit à sa réponse, puis elle se leva et se frotta le visage.

— Je suis désolée. Je ne suis pas moi-même en ce moment.

Il gara le véhicule, sortit et se dirigea vers son côté de la voiture. Elle était toujours assise sur le siège passager, fixant le bâtiment des yeux. Elle avait besoin de temps pour surmonter cette épreuve. Il ouvrit sa portière et l'aida à se redresser.

— Viens, on va t'emmener à l'intérieur.

La Jeep s'arrêta derrière lui. Saul et Rebel s'approchèrent de l'entrée où elle composa un code de sécurité sur le clavier mural. La porte se déverrouilla devant eux. Il l'ouvrit et l'invita à passer devant. Les trois autres hommes attendaient dans la Jeep, observant la scène. Il leur adressa un demi-salut, la fit entrer et la conduisit jusqu'à l'ascenseur. Il l'étudia attentivement. Il n'était pas sûr qu'elle doive être seule en ce moment.

— Tu as quelqu'un à appeler ? D'autres amis ou de la famille qui pourraient rester avec toi ?

Elle secoua la tête.

— Seulement Tammy.

Bon sang. Cela venait de déclencher un autre souvenir de Tammy. Ce n'était pas comme si Rebel allait cesser de penser à sa meilleure amie dans ces circonstances.

Au troisième étage, la porte de l'ascenseur coulissa. Il lui saisit doucement le bras au-dessus du coude, puis la poussa dans le couloir. Les clés de son véhicule en main, il chercha celle de l'appartement. Il en essaya une, qui fonctionna. Il ouvrit la porte et conduisit Rebel à l'intérieur.

Elle se figea.

— Qu'est-ce qui s'est passé ?

Le regard de Saul s'aiguisa. Il ferma la porte d'un coup de pied et plaça Rebel derrière lui. Il sortit son arme d'une main et son téléphone de l'autre, en disant :

— Reste ici.

Il rangea son portable et laissa Rebel contre la porte d'entrée avant de parcourir son logement dévasté. De ce point de vue, il était en mesure d'observer la plupart des dégâts, mais pas suffisamment pour calmer ses inquiétudes. Il devait la laisser pour réaliser une inspection complète. La cuisine avait été saccagée, avec la table et les tiroirs jetés au sol. Les coussins du canapé du salon avaient été déchirés. Il prenait mentalement note de tout en faisant défiler dans sa tête une chronologie des événements.

Était-il possible que Tammy ait été kidnappée ? Aurait-elle parlé de Rebel à son ravisseur ? Ou bien celui-ci, qui avait tué ou enlevé Tammy, savait-il que les deux femmes étaient les meilleures amies du monde ? Daniel aurait-il informé les kidnappeurs/assassins ? Ou bien ces derniers avaient-ils repéré Rebel rôdant autour de l'immeuble de Daniel, à la manière de Saul et de son équipe ? Ce seul fait suggérait que Rebel avait un lien profond avec Daniel et/ou Tammy. Étaient-elles suffisamment amies pour que Rebel ait quelque chose à cacher concernant cette dernière ?

L'idée de l'interroger sur ce point ne lui avait même pas traversé l'esprit. Cependant, étant donné que Tammy et Daniel travaillaient tous deux dans le domaine informatique, l'espionnage n'était pas une hypothèse farfelue. Les soupçons concernant le piratage du système de l'employeur de Daniel et la création d'erreurs de codage semblaient jouer un rôle, bien que Saul ne comprenne pas encore pleinement comment.

Il inspecta rapidement le petit appartement d'une chambre. Quand il revint vers Rebel, toujours adossée à la porte, le visage marqué par le choc, un léger coup frappé à la porte fit sursauter la jeune femme. Saul vérifia par le judas avant d'ouvrir à ses amis.

Ils entrèrent, jetèrent un rapide coup d'œil, et Stone émit un sifflement discret.

— Eh bien, voilà qui est intéressant.

Quelque chose dans le ton de sa voix et dans ses mots attira l'attention de Rebel. Elle se tourna vers lui.

— Intéressant ? C'est intéressant pour toi ? C'est dévastateur. C'est horrible. C'est toute ma vie ici.

Stone la dévisagea intensément.

— Tu es en vie. Ils savaient donc que tu n'étais pas là. Ils ont fouillé ta propriété, tous tes biens. Que cherchaient-ils ?

Saul observa le visage assombri de la jeune femme. Puis sa mâchoire se décrocha.

— Vous pensez qu'ils cherchaient quelque chose ?

Elle secoua la tête, perplexe.

— Mais quoi ? s'écria-t-elle. Je n'ai rien. Tammy gagnait bien plus d'argent que moi. Pourquoi ne détruiraient-ils pas plutôt sa maison ?

Elle fixa les hommes des yeux, son regard allant de l'un à l'autre, puis revenant.

— Pourquoi moi ?

Dakota intervint.

— C'est ce que nous allons découvrir. L'une des premières questions que nous devons nous poser est : est-ce que Tammy, à un moment ou à un autre au cours des derniers mois, t'a donné quelque chose à garder pour elle ?

C'était précisément celle à laquelle Saul voulait répondre ; il s'approcha et scruta le visage de Rebel, en quête d'un signe de subterfuge.

Elle dévisagea les gars et haussa les épaules.

— Non, bien sûr que non. Pourquoi ça ?

— Elle aurait pu trouver quelque chose d'accablant au travail et aurait eu besoin que tu le conserves, au cas où il lui arriverait quelque chose.

Elle fronça les sourcils, son attention restant fixée sur les hommes.

— Elle ne m'a rien donné à garder. Je n'avais connaissance de rien de potentiellement dangereux dans son monde. Elle me l'aurait dit.

— Est-ce qu'elle ressentait la même chose pour toi que toi pour elle ? demanda Saul à voix basse.

Elle tourna son regard vers le sien.

— Oui. Nous sommes les meilleures amies du monde depuis toujours.

— Peut-être qu'elle n'a pas voulu t'en parler, car cela t'aurait mise en danger.

Il vit les rouages de son esprit tourner, puis un air effrayé s'empara de son visage alors qu'elle réalisait quelque chose.

— C'est exactement ce que ferait Tammy, murmura-t-elle. Comme je le ferais pour elle.

— Et c'est pour cela que c'est intéressant, dit Stone. Parce que cela change complètement notre façon de penser. Celui qui est venu ici cherchait quelque chose, pour quelque raison que ce soit, qu'elle le lui ait dit ou qu'il l'ait supposé en raison de votre lien étroit.

— Ou parce que Daniel lui en a parlé, admit-elle avec amertume. Il a toujours été un fauteur de troubles.

Chapitre 8

ELLE REGARDA SES affaires détruites, se frottant la tempe par habitude. Plus rien n'avait de sens dans son monde. Seule une chaise de cuisine tenait encore debout sur ses quatre pieds. Elle la ramassa dans le tas d'ordures qui se trouvait en dessous, la replaça dans un endroit plus stable et s'y effondra.

— Pourquoi ? Pourquoi faire ça ?

C'était une question stupide parce qu'elle connaissait la réponse, mais elle ne pouvait pas s'empêcher de nier l'évidence.

— Rien de tout cela n'a de sens.

— C'était logique pour celui ou celle qui a fait ça, dit Saul. Nous n'avons peut-être pas encore perçu la logique derrière tout ça, mais il y en a une. Cela n'aura probablement même pas de sens pour nous quand nous la découvrirons. Mais la personne responsable de tout ça avait une raison, et elle a pris beaucoup de temps pour saccager ton appartement. Alors, qui était susceptible d'être au courant de ton absence aujourd'hui ?

Elle le regarda fixement.

— Je n'en ai aucune idée. N'importe qui aurait pu me voir partir, mais comment aurait-il su combien de temps je serais partie ?

— Ils t'ont peut-être vue chez Daniel. Et souvent dans

les environs la semaine dernière.

— Mais dans ce cas, ils m'auraient aussi vue avec vous.

La voix de Saul, basse et dure, déclara :

— Et ils se fichaient peut-être que tu reviennes. Ils espéraient sans doute que tu sois là pour t'interroger eux-mêmes sur ce qu'ils cherchaient.

Il n'avait pas envie de l'effrayer inutilement, mais elle ne pouvait plus ignorer qu'elle était une cible à présent. L'expression d'horreur sur son visage montrait qu'elle avait bien compris.

Les autres hommes contemplèrent ce concept en silence. L'un après l'autre, ils acquiescèrent.

— Étant donné que nous avons deux personnes disparues et un cadavre, il y a de fortes chances que ce soit exactement ce qui se serait passé ici, admit Stone. Par conséquent, c'est une très bonne chose que tu n'aies pas été présente.

Son cœur battait la chamade, et son pouls accéléré palpitait dans sa tête. Elle prit une longue et lente inspiration, puis une autre, tout en fixant le sol des yeux. *Concentre-toi là-dessus*, se dit-elle. *J'ai un peu de contrôle sur ce désordre, ne serait-ce que pour le nettoyer.* Tous les placards de sa cuisine avaient été cassés et leur contenu déversé sur le sol. Les tiroirs avaient été ouverts et jetés. Même le contenu de son réfrigérateur était éclaté par terre. Il y avait du verre brisé et de la nourriture partout.

— Tu as une assurance ? demanda Merk.

— J'ai une assurance locataire, mais je ne sais pas si elle couvre ce genre de sinistres.

Le téléphone de Saul sonna. Il le sortit de sa poche.

— Bonjour, inspecteur Wilson. Qu'avez-vous trouvé ?

Il écouta un long moment, puis dit :

— OK, nous avons eu un développement ici. L'appartement de Rebel a été vandalisé. Un travail minutieux, pas uniquement quelques punks. Le contenu du frigo a été jeté, les coussins du canapé ont été éventrés, des choses comme ça.

Elle le vit hocher la tête à la suite d'une remarque de l'inspecteur, puis se tourner vers la porte d'entrée.

— Non, il ne semble pas qu'il y ait eu effraction.

Son esprit s'arrêta à cette phrase. Comment avaient-ils réussi à ne pas forcer la porte ? Dans ce cas, cela signifiait qu'ils avaient un moyen d'entrer par leurs propres moyens, et son cœur se serra.

Parce que Tammy avait un double des clés de son logement.

Bon sang, quand ce cauchemar prendrait-il fin ? Il faudrait des jours pour nettoyer ce désordre. Elle n'arrivait pas à imaginer le coût de tout ce qu'elle venait de perdre en termes de valeur monétaire. Bien sûr, elle avait une assurance, mais prendrait-elle tout en charge ? Elle n'en avait aucune idée puisqu'elle n'avait jamais fait de demande d'indemnisation. Ce dont elle avait conscience, c'était qu'elle n'avait aucune envie de commencer à trier ce qui était récupérable et ce qui ne l'était pas. La vaisselle cassée était mélangée à la nourriture parmi les autres débris. Y avait-il quelque chose qui valait la peine d'être gardé ? En avait-elle quelque chose à faire ?

Un rire hystérique s'éleva au fond de sa gorge. Elle se comprima les tripes déjà serrées avec force. Elle aurait voulu être n'importe où ailleurs plutôt qu'ici, à ce moment-là. Et pourtant, elle n'avait nulle part où aller.

Saul s'avança, glissant son téléphone dans sa poche.

— Ils n'ont trouvé aucune trace de Tammy dans l'immeuble où nous avons découvert le sans-abri.

Elle leva les yeux vers lui. Le soulagement l'envahit.

— Donc il y a une chance qu'elle soit toujours en vie ?

— C'est possible. Ce n'est pas très probable, mais ne perdons pas espoir.

Elle acquiesça et regarda autour d'elle.

— Il doit y avoir une raison pour laquelle ils sont venus ici, et le seul lien est Tammy.

— Et, intervint Dakota à voix basse. Si Tammy a été prise dans quelque chose sans le vouloir, tu y es entraînée toi aussi. Leur piste les a menés jusqu'à toi. S'ils cherchaient quelque chose et ne l'ont pas trouvé cette fois-ci, et s'ils pensent que tu as un rapport avec ça, je te garantis que tu risques d'être la prochaine à être enlevée.

Elle remonta les jambes, les talons sur le bord de la chaise et les genoux serrés contre la poitrine alors qu'elle s'enroulait les bras autour de ceux-ci.

— Comment trouver Tammy si ces types sont après moi ?

— Tu laisses les autres chercher Tammy et tu prends soin de toi.

Elle secoua la tête.

— Ce n'est pas suffisant. Beaucoup de gens étaient censés la chercher la semaine dernière, et personne ne s'en est soucié.

— Et cela arrive peut-être parce que quelqu'un a réalisé que tu ne laisserais pas tomber, dit Merk. Ils te font peut-être peur. Ils te repoussent peut-être pour être tranquilles. Ce que je sais, c'est que si tu franchis la ligne et que tu les mets vraiment en colère, tu ne survivras pas non plus.

Elle le considéra d'un air morne.

— Comment suis-je censée m'éloigner d'une amie qui a besoin d'aide ?

Ses paroles semblaient avoir touché une corde sensible. Tous les hommes se turent.

Merk branla le chef.

— Nous ne sommes pas bien placés pour te dire de faire ça parce que nous sommes pareils. L'amitié et la loyauté sont importantes dans notre monde.

— Et Tammy compte dans mon monde.

Elle observa les restes de son appartement. Elle fit un geste de la main pour montrer la dévastation et lança :

— Cela signifie que je ne suis plus en sécurité ici non plus.

— Il est temps de faire nos valises, déclara Saul.

— D'abord, l'interrompit Stone, peux-tu nous dire comment quelqu'un a réussi à pénétrer chez toi ?

— C'est facile. Tammy avait une clé.

Elle entra dans sa chambre, et, même si elle était préparée à ce qu'elle y trouverait, le carnage lui fit monter les larmes aux yeux. Elle se plaqua une main sur la bouche pour retenir ses pleurs instinctifs. Ses beaux draps et ses oreillers étaient déchirés et arrachés. Il y avait des plumes partout. L'endroit avait été anéanti – sa table de nuit, les tiroirs de sa commode, tout avait été jeté.

Elle se retourna vers les hommes, des sanglots dans les yeux.

— Vous êtes sûrs qu'ils cherchaient quelque chose ? Parce que ça ressemble à de la destruction gratuite. Pas à une fouille méthodique.

— Ils ont sûrement d'abord fouillé et ensuite laissé les choses comme ça, saccagées, pour la police.

Elle acquiesça.

— Salauds.

S'installant dans un endroit dégagé de la chambre, elle fit

face à son placard. Elle sortit son grand sac de voyage, le posa sur le lit et tria les piles de vêtements qui jonchaient le sol, mais elle eut du mal à trouver quoi que ce soit d'utilisable. Tout ce qu'elle avait ramassé avait été coupé. Plusieurs fois. Elle n'avait pas besoin d'être psy pour savoir que cela avait été fait sous le coup d'une extrême colère.

Au fond de son sac, elle trouva sa pochette transparente imperméable à fermeture Éclair, dans laquelle elle conservait son passeport et ses papiers personnels importants. Elle était intacte. Elle la prit et la glissa dans son sac à main, puis elle alla dans la salle de bains pour prendre quelques produits de toilette. Elle n'était pas très portée sur le shopping et n'achetait donc pas beaucoup de choses matérielles. Elle n'aimait pas les bibelots. Elle préférait les beaux tableaux et beaucoup d'espace blanc sur ses murs…

Le problème, c'était qu'elle avait besoin de suffisamment de biens pour survivre. Et elle n'en avait guère pour l'instant. De retour dans le placard, elle fureta dans les piles et en sortit un gros pull, son manteau et plusieurs paires de chaussures. Elle n'en avait pas l'utilité pour l'instant, mais si elles avaient survécu, elle pourrait s'en servir dans quelques mois. Curieusement, ils n'avaient pas détruit tout ce qui se trouvait dans son armoire, même si tout avait été jeté par terre. Elle supposa que le découpage de la couche supérieure de ses vêtements avait pour but d'accentuer l'effet.

Saul se tenait dans l'embrasure de la porte.

— Vois-tu s'ils ont ajouté quelque chose à cette pièce ?

Elle se retourna, surprise.

— Que veux-tu dire par « ajouté » ?

— Des preuves qui indiqueraient que tu as quelque chose à voir avec la disparition de Tammy.

— Comment peux-tu envisager cela ? s'écria-t-elle, horrifiée.

Il haussa les épaules.

— Nous avons rencontré beaucoup d'enfoirés dans ce monde. Leurs actions n'ont pas toujours de sens pour nous, mais elles peuvent causer beaucoup de douleur aux autres. Nous avons aussi besoin de savoir quand tu étais ici pour la dernière fois. Quelle était leur fenêtre d'opportunité ?

— J'ai dormi ici la nuit dernière, raconta-t-elle en désignant du doigt son lit détruit et en le fixant du regard d'un air triste. Je me suis levée vers 8 h, et je pense que j'étais dehors à 10 h.

— Tu n'as pas de caméras de sécurité ici, n'est-ce pas ?

Elle secoua la tête.

— Mais il y en a beaucoup en haut et en bas du couloir.

— Nous allons les vérifier.

— Ils vont être démasqués. Ce n'était pas du vandalisme. C'était un acte de rage, et ils se sont amusés à le commettre.

Elle montra un soutien-gorge coupé en deux.

— Ce n'est pas un comportement normal.

— Il n'y a rien de normal dans tout cela, lui assura-t-il. Je suis heureux que tu puisses mettre quelque chose dans ton sac. Quand tu auras fini, apporte-le dans le hall d'entrée.

Et il disparut par l'embrasure de la porte.

Elle observa fixement l'endroit et s'écria :

— Pourquoi ? Je n'ai nulle part où aller.

— Une chose est sûre, intervint Saul en réapparaissant. Tu ne resteras pas ici ce soir.

Il disparut de nouveau.

Elle pouvait aller à l'hôtel pour la nuit, mais pour combien de temps ? C'était une dépense injustifiée pour l'instant.

Pas même après avoir pris une semaine de vacances pour chercher Tammy.

Au lieu de la retrouver, Rebel s'était fourrée dans le même chaos, sans aucune issue en vue.

DE RETOUR DANS la cuisine, Saul fit un signe vers la chambre et annonça :

— Elle prépare un sac.

Les autres acquiescèrent.

— A-t-elle un endroit où aller ? demanda Stone. Et les caméras dans le couloir sont hors service. Elle doit s'assurer d'avoir un lieu sûr.

Saul haussa les épaules.

— Elle dit que c'est chez Tammy qu'elle serait allée chercher de l'aide, mais sans elle, Rebel n'a nulle part où se rendre.

Les hommes grimacèrent.

— Ça doit être dur, dit Dakota. Vous savez ? En y réfléchissant sous un angle différent, ces gens ont tous une chose en commun.

— Quels gens ? le questionna Merk.

Il s'appuya contre le frigo, les bras croisés sur la poitrine.

— Et quel est le rapport avec ce bordel ?

— Ils travaillent tous pour la même entreprise.

Les gars le regardèrent fixement.

Dakota poursuivit :

— Deux d'entre eux bossaient dans l'informatique. L'un était connu pour jouer des tours pour une raison ou une autre. Nous parlons ici de programmeurs. Nous parlons de personnes qui peuvent causer de graves dommages ou y être forcées. On parle aussi de gens capables de voler des informations, de l'argent, presque n'importe quoi grâce à leurs compétences.

— Tu penses que Tammy et Daniel ont été impliqués dans un truc comme ça ? extrapola Merk.

Dakota haussa les épaules.

— L'un d'eux, oui. Et a probablement entraîné l'autre, délibérément ou accidentellement.

— Et Rebel ? demanda Saul. Tu penses que, parce qu'ils savent qu'elle est une bonne amie de Tammy, ils supposent qu'elle détient éventuellement quelque chose.

— Ou quelqu'un dans l'entreprise a tiré les ficelles, poursuivit Stone. Ou a fait croire que Daniel tirait les ficelles et a maintenant décidé que si Rebel ne veut pas lâcher l'affaire avec Tammy, elle est devenue un handicap.

— Mais alors pourquoi détruire sa propriété ? Pourquoi ne pas la tuer ? souligna Merk.

Au souffle dans le couloir, les hommes se retournèrent et virent Rebel debout, le visage pâle, un grand sac à ses pieds.

Dakota poursuivit, le regard fixe :

— Parce que les méchants pourraient toujours utiliser l'amitié des deux femmes l'une contre l'autre. Menacer de faire du mal à Tammy si Rebel ne coopère pas et vice-versa. Il y a toujours la possibilité que Tammy n'ait rien donné à Rebel. Ou que Rebel en sache plus que ce qu'elle croit.

— Mais je ne sais rien, s'écria Rebel.

— Parle-nous de votre environnement professionnel, rebondit Stone, en concentrant son attention sur ce point.

— L'entreprise de télécommunications est énorme.

Saul acquiesça.

— Et tu es dans le marketing ?

— Oui. Je ne fais que du graphisme et des textes publicitaires.

— Que sais-tu du travail informatique de Tammy et Daniel ? la questionna Merk.

— Tammy en parle rarement. Elle a expliqué que la sécurité était un enjeu important de son boulot, à la fois dans le logiciel lui-même et également dans le fait que peu de personnes étaient chargées de le connaître.

— Et Daniel ? demanda Stone.

— Il était un peu vantard, mais il ne donnait jamais vraiment de détails, si ce n'est que son travail était super important et lui procurait beaucoup de pouvoir. Honnêtement, je l'écoutais à peine. Cet homme était insupportable.

— Quelle est la probabilité que quelqu'un d'autre dans la société soit responsable de tout ça et ait blâmé Daniel ? l'interrogea Merk. Et que, quand il est devenu un boulet, il se soit occupé de lui et peut-être de Tammy en même temps.

Elle fronça les sourcils.

— Vous pensez que quelqu'un d'autre dans l'entreprise a fait ça ? Pourquoi ? Qui ?

— Une autre personne est-elle susceptible d'avoir un lien avec vous trois ? précisa Stone pour l'aiguillonner.

Elle le dévisagea, puis secoua lentement la tête.

— Personne d'autre que ceux avec qui nous collaborons.

— Et Tammy était en couple avec Daniel, par conséquent tu es aussi liée à lui, ajouta Saul.

— Bien sûr, mais seulement parce que j'étais la meilleure amie de Tammy. Je la dissuadais de reprendre toute relation avec Daniel. J'en ai même parlé au bureau, mais je suis restée discrète. J'imagine que nous aurions facilement pu être entendues dans les cabines de marketing ou dans la salle de repos, ou si j'avais croisé Tammy dans la salle des photocopieuses ou dans l'ascenseur. Mais je n'arrive pas à imaginer quel problème justifierait de tuer des gens.

— Comme nous l'avons dit, commença Saul, dès que l'on se met à parler de programmation et de télécommunications, on en vient au sujet de l'espionnage, voire du terrorisme.

— Bonne chance pour obtenir des informations de la société.

— Pourquoi cela ? s'étonna Stone. Jusqu'à présent, beaucoup d'entre eux se sont montrés ouverts et coopératifs. Du moins, la moitié de ceux avec qui nous avons discuté. Notre chef a appelé les autres et les a interrogés, mais je n'ai entendu personne se montrer réticent.

Elle haussa les épaules.

— Je suis sûre qu'ils étaient très fermés et secrets quand il s'agissait de détails de sécurité.

— Combien y a-t-il de personnes dans le département informatique ? demanda Saul en fronçant les sourcils.

Elle se concentra sur lui en fronçant les sourcils à son tour.

— Je crois qu'il y en a huit, y compris le superviseur.

— Tu sais qui est le superviseur ? continua Merk.

— C'est Samantha Clapton désormais. Elle a remplacé Gordon. C'était un type bien. Il était là depuis vingt ans. Un jour, il n'est plus venu travailler. D'après Daniel, il s'est disputé avec ses supérieurs, a démissionné et est parti.

Les gars la dévisagèrent, Merk était déjà sur son téléphone, en train d'envoyer un message à quelqu'un.

Elle haussa les épaules, ne comprenant pas leur réaction.

— Je ne sais pas si c'est vrai ou non. Je sais seulement ce que Tammy m'a raconté. Elle était inquiète parce que Gordon était un bon gars et qu'il l'avait beaucoup aidée lorsqu'elle avait commencé à travailler pour l'entreprise. Elle détestait penser qu'il avait été lésé d'une manière ou d'une autre.

Les deux hommes acquiescèrent.

— Une idée de son nom de famille ? la questionna Merk.

Elle secoua la tête.

— Ils l'ont retiré du site internet de la société. J'ignore ce qui s'est passé. Certains employés ont formulé divers commentaires, racontant qu'il avait fait quelque chose de mal, mais Tammy était catégorique quant à son innocence. Gordon n'aimait pas Samantha. Ils se sont disputés à propos de certaines mesures de sécurité de l'entreprise.

— Depuis combien de temps est-il parti ? demanda Dakota.

Elle se pinça les lèvres.

— Il y a quelques mois. Daniel a été promu peu après. Il a pris sa retraite. Il n'y avait rien de suspect dans son départ.

— Et quand tous les problèmes avec Daniel ont-ils commencé ? l'interrogea Saul.

La tête de la jeune femme rebondit comme dans un match de tennis à quatre, les gars la bombardant de questions les uns après les autres.

— Il y a longtemps. Ensuite, il a semblé se ressaisir.

— Il y a combien de temps exactement ? insista Merk.

Elle haussa les épaules.

— Tammy le saurait. Ils auraient dû la promouvoir. Elle était du genre à ne pas accepter les conneries du personnel ou de la direction. Daniel, quant à lui, était susceptible d'être manipulé par une belle paire de jambes ou de seins.

Chapitre 9

DEVANT L'ÉTRANGE SILENCE, elle lança un regard noir aux hommes.

— Ce n'était pas Tammy. Même si elle est belle et mince, aurait facilement été la fille la plus populaire de l'école, et l'était au travail, elle n'a pas eu besoin de faire des acrobaties pour obtenir ses promotions.

— Dans ce cas, elle aurait peut-être obtenu la promotion au détriment de Daniel, supposa Merk.

Elle étudia le visage de ce dernier, y voyant une compréhension de la façon dont la vie fonctionnait et souvent ne fonctionnait pas.

— Oui, c'est fort possible. Mais Gordon et elle s'entendaient très bien sans rien de tout cela.

— Et la nouvelle superviseuse ? la questionna Stone.

— Eh bien, Tammy n'était tout simplement pas intéressée par ce genre de choses.

— Quel genre de choses ? rebondit Dakota.

— Vous savez, quand vous êtes au bureau et qu'il y a une clique, un groupe de gens branchés qui se prosternent tous devant celui qui est au pouvoir, comme au lycée ? C'est ce qui s'est passé au sein du département. Daniel était à l'intérieur.

— Tammy était à l'extérieur, je présume.

Au hochement de tête de Rebel, Saul demanda :

— Et qui d'autre était à l'intérieur ?

— Deux hommes.

— Bien sûr, puisque la nouvelle superviseuse est une femme, Samantha.

Elle adressa à Saul un sourire radieux.

— C'est ça.

Saul échangea un regard avec Dakota.

— On dirait qu'il faut qu'on parle à Samantha.

— Bonne chance, lâcha Rebel. Elle est toujours indisponible. À moins que vous ne fassiez partie des forces de l'ordre, elle ne vous dira rien.

Elle sortit son portable et tapa le nom du contact approprié.

— Je l'appelle tout de suite.

Ils attendirent tous que le téléphone sonne, mais il tomba sur la boîte vocale.

Elle ne prit pas la peine de laisser un message. En empochant son mobile, Rebel déclara :

— Comme je l'ai dit, il est difficile de discuter avec elle. Elle a sûrement vu mon numéro et a décidé de ne pas répondre.

Les hommes acquiescèrent.

— On va la faire parler. Mais chaque chose en son temps. Où vas-tu passer la nuit ? Et tu devrais contacter la compagnie d'assurance dans la matinée pour régler cette affaire.

Elle grimaça.

— Je vais dormir dans ma voiture en bas, dans le parking sécurisé. Je reprendrai à zéro demain matin.

Elle regarda la bouche de Saul s'ouvrir et secoua la tête.

— Je suis bien dans la voiture. Je serai en sécurité en bas. Cela me permettra de dormir quelques heures et de me remettre du choc, se justifia Rebel, en espérant que le ton de sa voix soit pragmatique et raisonnable. Demain matin, je commencerai à nettoyer ce bazar.

Saul branla le chef.

— Regarde autour de toi, Rebel. Tu ne peux pas rester ici, et tu ne peux pas rester dans ta voiture n'importe où.

Rebel, qui n'appréciait pas ses propos, le dévisagea et le défia :

— Pourquoi pas ?

— Parce que ceux qui étaient ici gardent peut-être encore un œil sur cet endroit et seront au courant de ton retour. Ils ont déjà identifié ton véhicule et le surveilleront aussi.

— C'est une grosse hypothèse, protesta-t-elle.

— Nous devons le supposer, rétorqua Saul d'un ton ferme. Pour l'instant, tu n'as pas les idées claires. C'est à nous de faire en sorte que tu ne sois pas blessée et que tu ne t'enfonces pas davantage dans les ennuis.

Elle plissa les yeux vers lui.

— Es-tu en train d'insinuer que je me suis mise dans le pétrin jusqu'à présent ?

Il lui lança un regard noir.

— Ne déforme pas mes propos, se défendit-il. Tu ne passeras pas la nuit dans ta voiture. C'est définitif.

— Où suggères-tu que je dorme ? Dois-je aller chez Tammy ? Mais s'ils ont saccagé mon appartement, ils auraient dû saccager le sien.

— L'appartement de Tammy est une option, mais ce n'est pas la seule.

Saul fronça les sourcils.

— En réalité, ce n'est pas une mauvaise idée.

Il jeta un coup d'œil aux autres, tous silencieusement

d'accord avec lui.

— On n'a jamais eu le temps de fouiller chez elle.

— Pour quoi faire ?

Il haussa les épaules.

— Qui sait ?

— Je la connais très bien. Tammy n'avait rien à cacher. Elle était très ouverte. Très stable, non conflictuelle. Elle ne ferait jamais rien de dangereux.

— Et pourtant, elle a des problèmes, releva Merk. Tu es un peu plus conflictuelle, alors imagine ce qui t'attend.

Elle lui lança un regard noir.

— Regarde autour de toi, poursuivit Merk avec exaspération. C'est loin d'être une invention de notre part.

Elle leva les mains en signe de frustration.

— Comment je suis censée agir alors ?

Stone s'avança.

— Te rendre dans un hôtel pour la nuit. Un hôtel où tu n'es jamais allée. Fournis un faux nom. Paie en liquide pour la chambre, pour tout ce qui concerne ton séjour, suggéra Stone. Si tu n'as pas assez d'argent sur toi, ne va pas au distributeur. Nous t'en donnerons suffisamment pour couvrir ton hébergement de ce soir. Depuis la sécurité de ta chambre, utilise le téléphone fixe pour contacter ta compagnie d'assurance. Entre-temps, prépare-toi à parler de nouveau à la police. Ils devraient arriver d'un moment à l'autre.

— Comme s'ils s'en souciaient.

— Oui, ils s'en soucient, répliqua Saul. Tout est lié à la disparition de Tammy, et maintenant à celle de Daniel. Et le meurtrier du sans-abri est également impliqué. Je crois que la situation vient de s'aggraver aux yeux des autorités.

— Comment se fait-il que la disparition de Tammy n'ait

pas été la priorité ?

Saul lui jeta un regard noir.

— Ce n'est pas comme si Tammy était la seule affaire sur laquelle les forces de l'ordre enquêtent en ce moment. Arrête de faire la difficile. Ce n'est pas parce qu'ils n'ont pas réussi à la retrouver tout de suite qu'ils n'ont pas essayé pendant tout ce temps.

Elle grogna.

— Je comprends ça en théorie, mais c'est tellement frustrant. Je veux seulement qu'elle rentre saine et sauve.

— Et nous ne voulons pas que tu te retrouves face aux hommes qui ont saccagé ton appartement ou qui ont tué un sans-abri désarmé, insista Stone d'une voix solide, inébranlable. Donc, jusqu'à ce que nous ayons résolu ce problème, tu ne devrais pas être seule.

— Même si je vais à l'hôtel, je serai seule.

À ce moment-là, on frappa à la porte. Saul l'ouvrit pour laisser entrer la police. L'inspecteur chargé du dossier de Tammy entra. Il considéra Rebel.

— Content de voir que vous allez toujours bien.

Elle acquiesça. Elle ne savait plus quoi lui dire. Pourtant, elle ne put s'empêcher de poser la même question :

— Du nouveau sur Tammy ?

Il secoua la tête.

— C'est son médaillon que vous avez trouvé à l'entrepôt. Il y avait des traces d'empreintes digitales, mais aucune n'était assez complète pour en tirer quelque chose, donc nous n'avons pas d'autres pistes.

— Est-ce que quelqu'un fouille la zone d'évolution du sans-abri pour voir s'il n'est pas tombé sur le corps de Tammy ? demanda Rebel, s'étranglant un peu sur ce dernier mot.

— Nous avons des flics qui quadrillent le secteur. Mais il sera difficile de distinguer quoi que ce soit jusqu'à ce qu'il fasse jour.

— C'est vrai, concéda Rebel en branlant le chef.

Le temps jouait contre elle et contre Tammy, qui allait passer une nuit de plus dans la situation où elle se trouvait. Ce n'était pas juste.

— Ça aurait dû être moi, lâcha-t-elle soudain.

— Qu'est-ce qui aurait dû être vous ? la questionna l'inspecteur.

— J'aurais dû aller la chercher. J'aurais dû insister. Elle n'aurait pas voyagé seule dans le bus ce soir-là.

— Cela ne signifie pas que ça aurait dû être toi, répliqua Saul à voix basse. Ça veut dire que ça aurait peut-être permis d'éviter ça temporairement, ou que vous auriez été enlevées toutes les deux cette nuit-là.

Elle lui lança un coup d'œil.

— Je ne peux pas m'empêcher de regretter de ne pas en avoir fait davantage.

— Et c'est un sentiment qu'éprouvent tous les membres de la famille et les amis d'une personne décédée ou disparue, déclara l'inspecteur. Nous faisons tout ce que nous pouvons. Il semble que cela soit lié à la disparition de Daniel et maintenant à notre dernière victime potentielle. Mais ne croyez pas que nous avons oublié la disparition de Tammy, car ce n'est pas le cas.

Elle détourna le regard. Elle avait envie de le croire, mais c'était compliqué. Elle pouvait paraître égoïste, comme si Tammy était la seule à qui elle tenait dans cette histoire, mais ce n'était pas le cas. Elle n'aimait pas penser que le frère de Daniel traversait lui aussi la même tourmente. Ou que le sans-abri avait une famille, qui le cherchait peut-être depuis des mois, souhaitant lui épargner une vie dans la rue et les risques accrus qu'elle comportait. Elle acquiesça.

— Je suis désolée. Je n'essaie pas d'être difficile, mais je suis tellement fatiguée et frustrée.

Le détective hocha la tête.

— À juste titre. Alors, racontez-nous ce qui s'est passé ici.

— Il n'y a pas grand-chose à dire. Saul m'a raccompagnée chez moi, car j'étais encore sous le choc après avoir vu le sans-abri mort, et j'ai réalisé que Tammy était liée, avec son médaillon en sa possession. Nous sommes arrivés ici et avons trouvé l'appartement dans cet état.

— Avez-vous touché quelque chose ?

Elle opina du chef.

— Je suis allée dans ma chambre et j'ai préparé un sac. J'ai déplacé la chaise de la cuisine. À part ça, je n'ai rien fait.

Les deux policiers qui l'accompagnaient se promenèrent dans l'appartement. L'inspecteur poursuivit son interrogatoire.

— Je suis sûr que vous en avez déjà parlé, mais vous avez peut-être une idée de ce qu'ils cherchaient ?

Elle secoua la tête, tout combat perdu.

— Non, dit-elle doucement. Je n'en ai aucune idée. Tammy ne m'a confié aucun secret. Je ne pensais pas que quelque chose n'allait pas dans son monde. Je ne sais absolument pas si elle a laissé quelque chose ici exprès et comment les méchants ont imaginé que je l'aurais.

— Si quelqu'un l'a kidnappée, en quête de quelque chose qu'elle aurait pris, il est tout à fait naturel qu'ils se tournent vers sa meilleure amie pour voir si elle le lui a transmis, expliqua l'inspecteur.

— Non. C'est un raisonnement erroné. Elle ne mettrait

pas sa meilleure amie en danger.

— Sauf si tu n'étais pas au courant, rétorqua Merk.

— Dans ce cas, vous seriez encore plus en danger, poursuivit l'inspecteur. Si elle pensait que son appartement serait fouillé, elle cacherait ladite chose ailleurs. Comme ici.

— Par conséquent, ça pourrait être n'importe où, et ça signifierait que ce qui était ici a déjà été trouvé, suggéra Dakota.

— Quant à ce qu'il faut chercher, nous parlons d'un ordinateur portable, d'une clé USB, d'une carte SD, énuméra Merk.

Elle secoua la tête.

— Les options sont bien trop nombreuses pour être envisagées.

— Nous allons jeter un coup d'œil et voir si nous mettons la main sur quelque chose, lui annonça l'inspecteur.

Elle se leva et se dirigea vers la porte d'entrée.

— Je vais dormir dans mon véhicule en bas.

L'inspecteur se retourna pour la considérer.

— Ne faites pas ça, s'il vous plaît.

Elle lui lança un regard noir.

— Je n'ai nulle part où aller.

— Trouvez un hôtel pour la nuit, lui intima l'inspecteur, reprenant les paroles de Stone. Demain, tout sera très différent.

Ses yeux se posèrent sur les cornichons à l'aneth et sur le haut du pot de mayonnaise éventré.

— C'est la merde, quelle que soit la façon dont je l'observe.

Elle pivota et sortit de son appartement. Dans le couloir, elle appuya sur le bouton de l'ascenseur. Elle ne savait pas pourquoi elle était si réticente à l'idée de se rendre à l'hôtel.

C'était une réponse raisonnable. Elle pouvait se le permettre. Si ce n'était qu'une nuit. Où serait-elle en mesure d'aller ? Nulle part. Alors, pourquoi ne pas le faire ? Elle se disait que c'était une chose qu'elle était capable de contrôler au milieu d'un chaos massif qu'elle ne pouvait pas changer. Elle était trop fatiguée pour explorer davantage sa psyché ou pour conduire trop loin. Et si les méchants la suivaient, elle ou sa voiture ? Elle ne connaissait pas d'hôtels, de motels ou de bed and breakfasts accessibles à pied. De plus, il faisait encore nuit dehors.

Les mêmes circonstances dans lesquelles Tammy avait disparu.

Elle entra dans l'ascenseur. Quelqu'un se plaça à côté d'elle. Elle secoua la tête.

— Tu n'en as pas assez de me suivre ?

— Pas vraiment. Certaines personnes ont besoin d'un peu plus de baby-sitting que d'autres.

Elle lui lança un regard.

— J'espère que tu ne parles pas de moi. Je n'ai rien demandé de tout cela, et je m'efforce de minimiser l'effet sur les autres.

— C'est vrai, admit-il joyeusement. En même temps, c'est le chaos. Je n'arrive pas à me défaire du sentiment que tu dois en savoir plus que tu ne le penses.

— Dans ce cas, pose tes questions parce que je n'ai aucune idée de ce que je suis censée savoir.

— Est-ce qu'elle t'a offert des cadeaux au cours des derniers mois ? T'a-t-elle donné un objet qu'elle n'utilisait plus, mais que tu aimes ? Est-ce qu'elle t'a acheté quelque chose ?

Elle branla le chef.

— Non.

— C'était un peu trop rapide. Réfléchis-y, au moins.

LE PROBLÈME, C'ÉTAIT que Saul avait conscience qu'elle n'était pas en état de comprendre ce qu'il disait. Il savait aussi que les amies s'échangeaient souvent des vêtements, des objets ménagers, sans trop y réfléchir. C'était vraiment probable dans le cas présent. Les filles semblaient être proches l'une de l'autre, mais de personne d'autre. Il ne voyait pas Tammy blesser délibérément Rebel ou la piéger. Par conséquent, elle avait peut-être seulement besoin d'un endroit pour cacher temporairement quelque chose dont elle était persuadée qu'il y serait en sécurité jusqu'à ce qu'elle soit en mesure de le récupérer. Il était conscient de se raccrocher à n'importe quoi, mais c'était tout ce qu'ils avaient pour le moment. Rien d'autre n'avait de sens.

En bas, il attendit qu'elle le rattrape. Elle traînait les pieds, comme si elle était prête à s'effondrer dans la voiture dès qu'elle y serait montée. Il serait dommage de la réveiller alors qu'elle n'avait pas l'air d'avoir un sommeil de qualité. Mais il savait qu'elle dormirait beaucoup mieux si elle allait à l'hôtel pour la nuit. Il lui prit le sac des mains.

— Je vais le porter. Tu es trop fatiguée.

Elle ne discuta même pas, ce qui en révéla beaucoup sur son état d'esprit. Il comprenait. Elle avait eu une semaine difficile.

Il savait que Ice devrait bientôt parler à Benji, et pour l'instant, il n'y avait pas grand-chose à dire. Ils n'avaient trouvé aucun signe de Daniel, aucune réponse définitive sur ce qui avait pu se passer. Saul n'était pas non plus très optimiste quant à l'évolution de la situation. Il y avait trop de scénarios possibles, et la plupart d'entre eux ne faisaient pas de Daniel le gentil. Il n'avait pas non plus l'air d'être vivant, mais il n'était pas prêt à émettre des suppositions sur ce point. Il avait déjà vu des hommes censés être morts réapparaître en vie à plusieurs reprises.

Alors qu'ils marchaient vers la rue, elle sortit ses clés pour déverrouiller le véhicule et le faire chauffer. Il perçut un étrange bruit de pas. Son esprit réagit plus lentement que son corps. Ce dernier était déjà en mouvement, en train de courir sur le côté, d'attraper Rebel et de filer avec elle. Il contourna le bâtiment avant de s'arrêter. Haletante, elle s'écria :

— Mais qu'est-ce que c'était que ça ?

Il glissa la main sur sa bouche et murmura :

— Chut.

Au-dessus de ses mains, elle écarquilla les yeux. Puis elle acquiesça. Désormais sûr qu'elle avait saisi, il la relâcha et lui fit signe de rester derrière lui.

Il ne savait pas vraiment ce qu'il avait entendu, mais c'était trop proche d'un son qu'il ne connaissait que trop bien – quelqu'un qui s'apprêtait à attaquer. Le bruit très distinctif de pas dans l'herbe. Il patienta, mais ne distingua rien de plus. Il jeta un coup d'œil dans le coin, mais ne vit rien. Toutefois, il ne se fiait ni à ses yeux ni à ses oreilles.

Le problème, c'était que ses amis étaient toujours à l'étage. S'ils sortaient, ils pourraient tout aussi bien être pris par surprise. Il saisit son téléphone et leur envoya un message d'avertissement. Ensuite, il resta immobile un long moment, attendant des bruits, des indices. Comme il n'y en avait pas, il pensa que le traqueur était parti dans l'agitation lorsqu'il mettait Rebel à l'abri. Il lui fit de nouveau signe de rester où elle était, puis se faufila dans un coin, en direction de l'entrée principale de son immeuble.

Il se souvint alors que deux intrus distincts s'étaient rendus à l'entrepôt. Il jeta un coup d'œil en arrière et la vit. Rassuré, il avança de quelques mètres en trottinant. La destruction de l'appartement indiquait que plus d'un homme s'y trouvait aussi. Il jeta un autre coup d'œil furtif par-dessus son épaule, heureux, pour une fois, qu'elle continue à passer la tête dans le coin, à l'observer.

Si sa voiture avait été en bas et enfermée dans le parking, ils seraient allés au sous-sol. Mais Saul ignorait qu'il y avait un parking souterrain et s'était donc garé dans la rue. Le tueur avait dû les voir arriver. Cela signifiait que quelqu'un surveillait l'appartement ou la suivait à la trace ; l'une ou l'autre de ces théories avait du sens. Et si le méchant n'avait vu qu'un seul homme quitter l'immeuble avec Rebel, il s'était peut-être dit que c'était sa chance.

Saul ne trouva aucun signe de quiconque rôdant à l'entrée. Se sentant un peu idiot, mais ayant conscience que son instinct était normalement bon, il revint vers elle et lui souffla :

— Viens. Nous pouvons partir d'ici maintenant.

Il déverrouilla la portière passager de sa voiture et l'aida à entrer. En quelques secondes, il était au volant et s'éloignait du bâtiment. Pendant qu'ils partaient, il garda l'œil ouvert pour voir s'il y avait quelqu'un sur le terrain au milieu de la nuit. Mais il ne remarqua rien. Lorsqu'il atteignit le bout de la rue, il sut pourquoi. Un véhicule les attendait. Des phares brillaient dans son rétroviseur. À voix basse, il marmonna :

— Merde !

Elle le considéra avec inquiétude.

— Comment ça, merde ?

— Nous sommes suivis.

Elle se retourna pour regarder par la vitre arrière.

— Nous devons les semer. Il faut les semer, s'écria-t-elle.

C'était la meilleure solution, mais elle n'était pas facile à mettre en œuvre. Les routes étaient désertes à cette heure matinale, et il serait difficile d'avancer assez vite pour que les poursuivants ne distinguent pas leurs feux arrière. Il sortit son téléphone, afficha ses contacts et tapa sur l'icône de Stone.

Quand il répondit, Saul déclara :

— On a été pris en filature en quittant le bâtiment.

— Nous sommes dans la Jeep. Où êtes-vous ?

Il attendit quelques secondes jusqu'à atteindre la prochaine rue et un panneau de signalisation.

— Sur Redding Road – on vient de dépasser le coin de Balsa Street.

— On sera là dans cinq minutes.

— Je suis en mouvement. Je cherche un endroit où stationner et éventuellement les attraper. Il y a un parking d'hôtel devant moi. Si je parviens à m'y faufiler, j'arriverai peut-être à faire demi-tour et à les coincer.

— Tu n'es pas loin devant. Attends-nous.

— Vous avez deux minutes.

Saul posa le téléphone sur le siège à côté de lui et tourna plusieurs fois à droite pour revenir dans la même rue. Il avait conscience qu'il ne pouvait pas semer ses poursuivants, mais au moins ils savaient qu'il était sur leur trace. Il ralentit pour donner à ses amis une chance de les rejoindre, et la voiture qui les suivait ralentit également.

L'hôtel qu'il avait mentionné se dessinait à l'horizon. Il tourna à droite, entra dans le parking et contourna par l'arrière. Il n'avait qu'une petite avance sur la voiture qui le filait. C'était un grand établissement, et c'était la haute saison, donc le parking arrière ne devrait pas manquer de places.

Dès qu'il arriva sur le parking, il éteignit les feux et roula lentement à travers les allées de véhicules. Tout au fond, il tourna et attendit. Presque instantanément, des phares apparurent derrière lui. Il parvenait à sentir la peur émanant de Rebel à côté de lui.

— Ça va aller.

Elle secoua la tête.

— Comment pouvez-vous faire ça tout le temps ?

— En fin de compte, ce que nous faisons, c'est aider les gens. Il se trouve que nous sommes particulièrement doués pour ça.

— Je préférerais confectionner des cookies et livrer des cupcakes, murmura-t-elle.

Il laissa échapper un petit rire.

— Il y a une place dans le monde pour cela aussi.

— Je crois que c'est ce qui a été le plus difficile dans toute cette histoire. Je me sens tellement impuissante.

— C'est normal. Nous éprouvons la même chose. Nous avons beaucoup de compétences, mais s'il n'y a rien à trouver, il n'y a rien à trouver. Si nous n'avons pas de cible, nous n'avons personne en particulier à combattre.

Le véhicule se dirigea vers eux. Saul dit :

— Glisse-toi au fond du siège de manière que ta tête soit en dessous de la vitre. Il ne faut pas qu'ils nous remarquent.

Elle s'enfonça dans son siège. Il s'abaissa pour voir par la partie supérieure de la vitre. La voiture entra dans l'allée, fit le tour à côté d'eux et remonta le long du côté le plus éloigné.

Il la regarda.

— J'aimerais te laisser ici, enfermée dans le véhicule, pendant que je les poursuis.

Elle renifla.

— Comme si c'était sans danger pour moi.

— Ils ne t'ont pas vue ni même ta voiture garée ici, et,

s'ils ne savent pas que tu es là, c'est peut-être plus sûr. Ce serait pire pour nous si nous les laissions s'enfuir. Si j'arrive au moins à relever la plaque d'immatriculation ou, mieux encore, à les empêcher de quitter le parking, nous aurons de vrais suspects à interroger.

À ce moment-là, un autre véhicule entra dans le parking.

Il déverrouilla sa portière et déclara :

— C'est ma Jeep. Les gars sont là. Verrouille les portières après moi.

Il ouvrit la portière, sortit, la referma très discrètement derrière lui, puis se mit à courir.

Chapitre 10

REBEL REGARDA AVEC terreur Saul courir vers la Jeep en faisant des signes de la main. La Jeep recula et se dirigea vers l'autre côté du parking. Comme si les poursuivants avaient compris qu'ils allaient être piégés, leur voiture accéléra. Mais la Jeep avait plus de puissance sous le capot et fonça dans la trajectoire de cette dernière. Ils évitèrent de justesse la collision lorsque la voiture freina et s'arrêta en grinçant.

Le conducteur enclencha immédiatement la marche arrière et recula rapidement pour mettre le plus d'espace possible entre lui et la Jeep.

Elle ne pouvait pas voir tout ce qui se passait, et tout ce à quoi elle pensait, c'était qu'ils allaient être écrasés dans l'obscurité. L'air était chargé de danger. Elle avait désespérément envie de quitter son véhicule. L'espace confiné l'étouffait. Et si quelqu'un la remarquait ? Au lieu de cela, elle suivit les instructions – pour la deuxième fois consécutive ce soir-là, mais pour la première fois depuis longtemps – et ne bougea pas. Les phares s'affolèrent de l'autre côté. Quelqu'un courait à pied dans sa direction. Il faisait trop sombre pour distinguer qui c'était.

Elle attendit qu'il se rapproche. Alors qu'il passait devant son auto, il tourna à droite entre la voiture voisine et celle dans laquelle elle se trouvait. Elle déverrouilla la portière du passager, choisissant bien son moment, et l'ouvrit en plein dans son corps, violemment. Elle sortit et se jeta sur lui en un instant. Elle le plaqua au sol et lui posa un poing sur le menton, le second sur le nez. Elle allait s'occuper de ce gars avant qu'il ne s'occupe de quelqu'un d'autre.

Seulement, elle ne faisait pas le poids face à ce type au sol. Il la fit basculer de son torse. Mais elle s'accrocha. Elle était mal à l'aise, toujours à plat ventre sur le parking en béton, confinée entre deux véhicules. Elle n'arrivait pas à asséner des coups décents, et ses jambes ne fonctionnaient pas correctement. Énervée, mais épuisée, elle continuait à recevoir des chocs et à frapper, à donner des coups de pied à l'aveuglette, à frapper tout ce qu'elle pouvait pour faire tomber cet homme et le maintenir à terre. Soudain, des mains lui agrippèrent les côtes et la soulevèrent.

— Calme-toi, Rebel, dit Saul. Calme-toi. Tout va bien. Nous le tenons.

Lentement, elle laissa son corps se détendre dans ses bras et réalisa que plusieurs autres gars avaient saisi le type, le tirant sur ses pieds pour le sortir d'entre les voitures.

— Dieu merci, murmura-t-elle.

Il la maintint contre sa poitrine, ses bras et ses mains toujours serrés dans ses bras croisés autour de son corps. Elle les vit menotter les poignets de l'individu derrière lui et lui attacher les chevilles, puis l'appuyer contre son véhicule. Lampes de poche allumées, ils se déplacèrent pour qu'elle puisse regarder son visage. Bien qu'il soit meurtri et en sang, ses traits étaient assez caractéristiques. Malheureusement, ils lui étaient aussi complètement étrangers.

— Je n'ai aucune idée de qui il est, déplora-t-elle.

Elle s'éloigna de Saul pour mieux voir l'étranger.

— Pourquoi tu nous suis ?

Il lui lança un regard noir.

— Nous ne vous suivions pas. Pourquoi diable avez-vous essayé de me frapper ?

Elle ricana.

— Pour que tu dises à tes potes que tu as été tabassé par une fille.

— Non, je leur raconterai que j'ai été attaqué par une psychopathe.

Elle rit.

— Si je découvre que tu as quelque chose à voir avec la disparition de Tammy, connard, je ferai en sorte que tu sois la victime de cette psychopathe.

Il se débattit pour se libérer, mais Saul le plaqua contre la voiture.

Elle jeta un coup d'œil sur les autres hommes.

— Et l'autre personne dans la voiture ? Ou ce connard était-il seul ?

— On l'a eu. Il est inconscient.

Merk fit un signe sur le côté.

Elle se retourna pour voir l'énorme masse de Stone porter un autre type par son seul bras droit, sa main agrippant la ceinture autour de sa taille. Elle dévisagea le gars, dont les pieds traînaient sur le sol, et secoua la tête. Dans son souffle, elle murmura :

— Jésus.

Elle fixa Stone des yeux, mais il lui lança un regard fade. Elle frissonna et se rapprocha de Saul.

Il ricana.

— Stone ne fait jamais de mal à quelqu'un qui ne le mérite pas.

— Je suis heureuse de l'entendre.

Elle dévisagea de nouveau le connard en face d'elle.

— As-tu quelque chose à voir avec la disparition de Tammy ?

L'homme éclata de rire, mais garda le silence.

— Tu veux que Stone te tombe dessus ? demanda-t-elle en haussant le ton.

— Vous n'avez pas le droit de me toucher. Vous êtes tous des citoyens respectueux de la loi.

Elle répondit par un gloussement.

— Ils le sont peut-être, mais pas moi.

Elle lui asséna un coup de pied et le frappa dans le ventre.

Il se plia en deux, son visage devenant blanc.

Elle plaqua ses mains contre ses épaules pour le maintenir debout.

— Connard.

Il chercha de l'air.

— Tu es une putain de salope. Tu vas payer pour ça.

Elle s'apprêtait à le laisser tomber, à se retourner pour s'éloigner. Au lieu de cela, elle avança de deux pas, pivota et, du pied gauche, lui décocha un coup dans la mâchoire. Cette surprise le calma un peu.

— Ouais, tu as besoin de toute une équipe pour affronter une seule femme, lança-t-elle. Tu ne t'attaquerais pas à moi dans le noir sans une bande de connards à tes côtés. C'est ce que tu as fait à Tammy ?

Comme il restait silencieux – observant, mais silencieusement –, elle secoua la tête et l'attrapa par l'oreille qu'elle tordit violemment. Quand il cria, elle approcha son visage du sien et dit :

— Parle-moi de Tammy.

— Je ne l'ai pas touchée.

Il la vit reculer la jambe et cria :

— Non, attends. Je connais les gars qui l'ont enlevée.

Rebel se redressa et se pencha en avant.

— Où est-elle ?

Il secoua la tête.

— Je ne sais pas où ils l'ont emmenée.

— Qui l'a kidnappée ? demanda Saul.

L'homme branla le chef.

— Écoutez, on m'a simplement demandé de garder un œil sur vous et sur la salope.

— Pourquoi ?

— Le patron l'a demandé, voilà pourquoi.

— Qui est le patron, et que cherchait-il ?

— Je ne balance pas mon patron. Mais il a dit que si elle sortait avec quelque chose dans la main, il fallait l'attraper.

— C'est ce que vous faisiez ce soir ? le questionna Saul.

Il acquiesça.

— Elle est sortie avec un sac à la main. Je ne sais pas si c'est ce que le patron voulait ou non.

Elle recula et se croisa les bras sur la poitrine. Elle avait d'autres idées pour obtenir de lui les informations qu'elle souhaitait. Avant qu'elle n'ait l'opportunité de recommencer à s'en prendre à l'homme, Saul saisit le connard par la nuque et le prévint calmement :

— Je te suggère d'être un peu plus franc.

— Hé, écoutez, je viens de vous dire un truc.

— Qu'en est-il de Daniel ? l'interrogea Stone.

Le type secoua la tête.

— Daniel a été enlevé par la même personne qui a enlevé Tammy.

— Et concernant l'homme qui a été égorgé ? intervint Merk d'une voix dure.

L'homme passa d'un visage à l'autre.

Quand ses yeux se posèrent sur Rebel, elle lui adressa un grand sourire.

— Tu as intérêt à parler, le menaça-t-elle. Sinon…

Il lui lança un regard noir.

— Tu ne peux pas me frapper comme ça.

— Je ne suis pas flic. Mais je suis la femme dont l'appartement a été complètement saccagé, et tu viens d'admettre que tu étais au courant du kidnapping de deux personnes et que tu as probablement tranché la gorge de ce pauvre homme, tout seul.

— Je n'ai rien fait, cria-t-il.

Il désigna le type que Stone portait toujours.

— C'est Carney.

— Intéressant.

Elle se tourna vers le gars inconscient.

— Ne lâche pas ce connard.

Stone ouvrit la main. Le mec tomba au sol, et il lui posa le pied sur le dos. Il croisa les bras et fixa des yeux leur prisonnier conscient.

— Qui a enlevé Daniel et Tammy ?

Le type haussa les épaules, mais regarda rapidement le sol.

— Je n'en sais rien. Je n'ai rien à voir avec tout ça.

— Qu'est-ce que tu es ? Uniquement le guetteur ?

L'homme acquiesça.

— Quelque chose comme ça. J'ai foiré une autre mission, alors j'ai été rétrogradé pour monter la garde.

— Et vandaliser ma propriété ?

Il lui fit face.

— Une salope de riche comme toi a probablement souscrit une assurance de toute façon.

Elle grogna.

— Comme si ça faisait une différence.

— Tu as une idée de ce que votre patron recherche ? demanda Stone.

Il secoua la tête.

— Pas la moindre idée.

— Alors, pourquoi ont-ils enlevé Tammy ? le questionna Saul.

— Elle avait quelque chose qui ne lui appartenait pas.

— Oh, non, c'est faux ! s'emporta Rebel. Ne t'avise pas de la faire passer pour une méchante.

— Elle l'a eu à son travail. Je n'en sais pas plus.

Rebel recula.

— Saul, tu as peut-être raison alors.

Il acquiesça lentement.

— Et Daniel ?

— Aucune idée. Ils attendaient simplement qu'il termine quelque chose, pour voir s'il pouvait encore servir. Comme dans tout ce qu'ils entreprennent, quand ils ont fini, ils jettent les ordures.

— Daniel et Tammy sont-ils vivants ? demanda Merk.

Le prisonnier regarda ce dernier d'un air hésitant. Puis il acquiesça.

— Je pense que oui. Mais je ne peux pas en être sûr à cent pour cent.

— Comment allons-nous les trouver ?

Il adressa un signe à l'homme inconscient sur le sol.

— En passant par lui. J'ignore où ils sont.

Rebel étudia son visage, le sourire en coin glissant sur ses traits.

— Je ne suis pas certaine de te croire.

— Je n'ai aucune raison de mentir, protesta-t-il.

Elle ricana.

— Si, pour sauver ton pauvre cul.

Il haussa les épaules.

— Je n'ai pas envie d'avoir des ennuis, mais j'en ai déjà. Le fait est que je n'ai rien à voir avec la mort de ce type ni avec les enlèvements.

— Mais tu étais au courant, ce qui te rend tout aussi coupable aux yeux de la loi, contesta Merk.

— Non, je ne l'ai su qu'après coup. Je n'y suis pour rien. J'en ai seulement entendu parler quand Carney s'en est vanté aujourd'hui.

— Pourquoi auraient-ils gardé Daniel et Tammy en vie ? demanda-t-elle à voix basse.

Cela la dérangeait. Il devait y avoir une raison. Sinon, ils les auraient tués tout de suite.

— Parce que les ravisseurs avaient besoin de leur aide pour être sûrs d'accéder aux informations qu'ils avaient volées.

— Tous les deux ?

Il haussa les épaules.

— Un moyen de pression pour l'autre.

Rebel haleta.

— Ça a l'air vrai.

Elle lui lança un regard noir et fit un pas vers lui, son poing se formant déjà. Elle recula, mais Saul lui attrapa la main.

Il lui chuchota :

— Même si tu en as envie, et qu'il le mérite, nous ne voulons pas d'ennuis supplémentaires. Les flics sont en route. On va les laisser s'en occuper.

— Et si les flics sont impliqués ?

Saul lui jeta un regard dur.

— Nous préférons croire qu'ils ne le sont pas, merci.

Elle se dégagea de sa prise.

— D'accord. Mais ce ne sera pas ma faute s'il trébuche sur le chemin de la voiture de police.

Elle observa durement le prisonnier et recula d'un pas.

Saul avait raison, mais elle détestait l'admettre. C'était une chose de tabasser le type pour obtenir les informations dont ils avaient besoin. Mais maintenant qu'il coopérait, elle n'avait plus trop de raisons de lui défoncer le visage. Même si elle en avait très envie.

Malheureusement.

Saul appréciait ces nouveaux développements. Il fixa des yeux l'homme étendu sur le parking. Comme le voulait la coutume chez Stone, il l'avait assommé pour qu'il ne gêne pas l'arrestation du second. Mais cela signifiait aussi que ce connard ne se réveillerait pas de sitôt.

Et c'était bien dommage.

— Nous devons parler au gars inconscient.

— Ce n'est pas possible, grogna Rebel. À moins que vous n'ayez de l'eau froide à lui jeter au visage.

Saul regarda d'un type à l'autre. Puis il se pencha et pressa un poing sur le cou de l'homme.

Presque instantanément, ce dernier gémit.

Saul esquissa un mince sourire.

À côté de lui, Rebel dit à voix basse :

— Superbe tour. Il faut que je l'apprenne.

Il secoua la tête.

— Ça ne marche pas toujours, alors il ne faut pas compter dessus.

Elle acquiesça.

— Mais j'en suis satisfaite pour le moment.

Lorsque le gars ouvrit les yeux, il dévisagea Rebel et le cercle d'hommes qui l'entouraient, confus, choqué, puis en colère.

— Content de constater que tu es de retour parmi nous, déclara Saul calmement. Maintenant, nous allons obtenir des réponses de ta part.

— Je ne dirai rien.

— Peu importe, ton acolyte s'en est déjà chargé, le railla Rebel.

L'individu lui jeta un coup d'œil, puis se retourna pour vérifier si son ami était toujours dans les parages. Saul se plaça devant lui pour qu'ils ne puissent pas se voir.

— Tu ne lui parleras pas de sitôt.

— Je ne parlerai à personne.

Il ferma les paupières et se rallongea sur le sol.

— Je vais demander à mon avocat de vous poursuivre pour agression.

— On verra comment ça se passe au tribunal. Où diable est Tammy ?

— Et Daniel, ajouta Stone d'une voix dure.

Il donna un coup de pied à l'homme.

— Je t'ai amené ici, et je serai ravi de te conduire sur le pont à côté et de te faire chuter.

Les yeux du type s'ouvrirent brusquement. Il regarda fixement, comme s'il délibérait pour savoir si Stone était sérieux ou non. Mais le regard du géant le poussa à dire :

— Je ne sais rien.

— Tu mens, souffla Saul. Nous savons déjà que tu as enlevé Tammy et Daniel.

Le visage de l'individu se tordit de dégoût.

— Vous ne croyez pas ce mouchard, n'est-ce pas ? Le patron l'a descendu d'un cran tellement il est mauvais.

— Eh bien, dans ce cas, il sera probablement descendu d'un cran supplémentaire après avoir parlé de toi.

— Ils le tueront parce qu'il a encore foiré.

— C'est ça le problème, tu vois ? Il ferait n'importe quoi pour sauver son cul.

— Que diras-tu pour sauver le tien ? s'emporta Rebel.

Il lui lança un regard noir.

— Je ne te parle pas, salope.

— Tu as participé au bordel dans mon appartement ?

La compréhension passa sur son visage, puis il ricana.

— Je cherchais quelque chose.

— Oui, tu l'as trouvé ?

Son visage devint suspicieux.

— Non. Mais si tu l'as, ça pourrait être un bon moyen de négociation pour vous.

Saul jeta un coup d'œil à Stone, puis à Merk et à Dakota. Il savait ce qu'ils pensaient tous. Ce serait une monnaie d'échange. Dommage qu'ils ne l'aient pas.

Le problème, c'était que Rebel était têtue.

— Et si je coopère, est-ce que je récupère Tammy ?

— Et Daniel, insista Stone.

Elle haussa les épaules.

— D'accord, lui aussi.

L'homme au sol poussa un jappement de rire.

— Content de constater que tu ne l'aimes pas non plus.

— Je me soucie de Tammy. Ils se soucient de Daniel. À nous tous, nous voulons qu'ils reviennent tous les deux, précisa-t-elle.

Elle lui frappa le pied.

— Parle, maintenant.

Il secoua la tête.

— Non, je veux d'abord voir la clé.

— Pourquoi je te montrerais quoi que ce soit ? Pour que tu transmettes un message au reste de tes cohortes ? Pour qu'ils s'en prennent à moi ?

— Ils le feront de toute façon.

Elle enfonça les mains dans ses poches, comme si elle cachait quelque chose, et le regarda subrepticement en train de l'observer.

Saul comprenait ce qu'elle manigançait, mais elle s'adonnait à un jeu dangereux. Il s'approcha d'elle pour se tenir derrière, lui montrant ainsi leur soutien.

Les yeux de l'homme se levèrent pour étudier les visages durs qui l'entouraient, et il haussa les épaules.

— Tout ce que je peux faire, c'est dire au patron que vous l'avez. Il organisera peut-être un échange.

— C'est une affaire risquée que tu mènes.

— Non, pas moi. Vous vous êtes engagés dans quelque chose que vous ne maîtrisez pas. Il y a des chances que vous n'en sortiez pas tous vivants. Réfléchissez bien avant de franchir ce pas.

— Ou nous pourrions simplement vous torturer pour vous soutirer des informations.

Rebel considéra Stone.

— As-tu pris sa carte d'identité et tout le reste avant de l'assommer ?

Stone fouilla dans sa poche et en sortit le portefeuille de l'individu. Elle lui tendit la main.

— Voyons qui il est, où il habite. On peut probablement faire le tour de tous les endroits où il s'est rendu la semaine dernière assez facilement.

— Si tu commences à jouer, ils te tueront avant de s'occuper de quoi que ce soit. Ils sont capables de prendre la clé d'un cadavre aussi facilement que celle d'un vivant. En réalité, c'est plus facile.

L'autre prisonnier émit un son étranglé.

Voyant la compréhension dans leurs yeux, Saul réalisa que, dans leur esprit, il n'y aurait probablement qu'une seule issue.

— Nous pouvons aussi jouer les durs.

— Mais tout ce que nous voulons, c'est que Tammy et Daniel reviennent sains et saufs et qu'on les laisse tranquilles, intervint Rebel.

— Alors, tu as intérêt à avoir cette foutue clé, et elle a intérêt à contenir les informations dont le patron a besoin.

— Je n'ai aucune idée de ce qu'il y a dessus. Je n'ai pas regardé.

Rebel se tenait avec désinvolture. Elle répondait comme une pro.

Saul l'admirait, mais en même temps, il craignait qu'elle ait plus de cran que de cervelle.

— Vous devez nous laisser partir pour que je puisse organiser une rencontre.

Merk ricana.

— Contactez votre patron et organisez une rencontre tout de suite.

Stone tendit le téléphone de l'homme.

— Passe l'appel.

Il se redressa lentement, attrapa le portable, appuya sur « Contacts », sélectionna un nom et appela.

— Ils veulent conclure un marché. Les deux otages contre la clé.

À la remarque de son interlocuteur, il leva les yeux.

— Ils sont cinq ici. Ils nous ont encerclés tous les deux.

Saul aurait aimé que ce fichu appareil soit sur haut-parleur. Et il voulait toutes les informations du téléphone de ce connard. Stone avait mis du temps à faire venir le type, donc il ne savait pas s'il en avait tiré tout ce qu'il pouvait. Ce n'était pas leur priorité, vu qu'ils devaient encore attraper le deuxième gars.

— Une heure. D'accord, c'est noté.

Il rangea le téléphone dans sa poche d'un air de défi jusqu'à ce que Stone le récupère.

— Il propose dans une heure, là où vous étiez tout à l'heure.

— À l'entrepôt où tu as tranché la gorge de ce pauvre homme ? s'emporta Rebel. Pourquoi diable irais-je là-bas avec vous ?

— Il était au mauvais endroit au mauvais moment. En plus, il se mêlait de quelque chose qui ne le regardait pas.

— Tu veux dire, le médaillon de Tammy, bien sûr.

Ce commentaire le rendit étrangement silencieux. Il lui lança un regard noir.

— Tu en sais trop, salope.

Elle haussa les épaules. Manifestement, elle avait touché un point sensible. Il serait peut-être rétrogradé après avoir laissé derrière lui des preuves appartenant à Tammy, qui la reliaient à cet entrepôt.

— Je n'en sais sans doute pas assez. Je n'en sais peut-être pas encore assez. Ce n'est pas grave. Je continuerai à creuser jusqu'à ce que j'en sache plus.

— Tu recevras une balle entre les deux yeux pour ton indiscrétion.

Il secoua la tête et se leva d'un bond. Instantanément, les hommes se crispèrent.

— Nous devons y aller. Sinon, notre patron ne viendra pas.

Il se retourna et parcourut le parking des yeux.

— Où est ma putain de voiture ?

Merk lui fit signe de l'autre côté.

— Elle est derrière.

— Si on n'est pas là à l'heure, on va tous se prendre une balle.

La sincérité de l'homme ne faisait aucun doute cette fois.

— On ne peut pas le laisser partir, protesta Rebel. Pouvez-vous au moins lui faire sauter les rotules ou quelque chose comme ça ? Pour qu'il ne s'en prenne pas à nous ?

Le type pivota sur lui-même.

— Fais attention. Ça pourrait bien être toi la prochaine fois. Un marché est un marché. Soit il est respecté, soit ça ne se passe pas comme prévu. Vous pouvez me suivre jusqu'à l'entrepôt. Mais en attendant, je monte dans ma voiture et je me rends au rendez-vous.

Il jeta un coup d'œil à son ami et dit :

— Pete, viens. Foutons le camp d'ici. Tu sais que le patron va s'en occuper.

Lorsque les deux individus partirent, Saul se retourna pour regarder les autres, puis demanda :

— Elle a raison. Qu'est-ce qu'on fout ?

— On va à une réunion apparemment, déclara Rebel d'un air fatigué.

— Ils ont Tammy et Daniel, nous ne pouvons pas les laisser partir, lui rappela Saul.

Elle acquiesça.

— D'accord. Je ferai tout mon possible pour la ramener.

Elle roula des yeux devant Stone.

— Oui, Daniel aussi. Je n'aime toujours pas l'idée qu'ils partent seuls, marmonna-t-elle.

— J'ai placé un traceur sur le véhicule, annonça Stone. On est en mesure de les retrouver n'importe où.

— Vraiment ?

Elle s'éclaira.

— Tu as copié les contacts de son téléphone ? demanda-t-elle avec espoir.

Il secoua la tête. Puis il sourit.

— J'ai plutôt pris des photos de chacun d'entre eux.

Pour la première fois, son rictus était sincère.

Chapitre 11

REBEL LAISSA SAUL conduire. Elle lui faisait confiance. Les autres gars étaient dans la Jeep. Elle était si près de retrouver Tammy qu'elle était terrifiée à l'idée que quelque chose tourne mal à la dernière minute.

— Et s'ils mentaient ?

— Bonne question.

Il lui jeta un coup d'œil.

— Le problème, c'est qu'ils veulent la clé, et nous ignorons totalement où elle se trouve.

— J'en ai peut-être une ici que nous pouvons utiliser comme un leurre. Cela nous donnera un peu de temps – peut-être cinq minutes, s'ils ont un ordinateur portable avec eux.

Elle fouilla dans la boîte à gants, sans rien trouver. Elle inspecta le contenu de son sac à main et en sortit une petite.

— C'est celle que j'utilise quotidiennement.

— Tu as des clés USB sur toi ?

— Souvent, oui. Je fais du marketing. Je ramène régulièrement du boulot à la maison. Rien de tout cela n'est confidentiel. C'est un travail en cours.

— C'est une bonne chose. Nous pouvons nous en servir pour les faire patienter, au moins pendant quelques minutes.

Il désigna la clé USB posée sur l'un des porte-gobelets.

— C'en est une autre ?

Elle l'attrapa.

— C'en est une, mais pas la mienne.

Il se retourna pour la regarder.

— Elle est à qui ?

— Elle ne porte aucune marque d'identification. C'est simplement une clé générique en plastique violet.

Elle s'arrêta un instant.

— Violet, murmura-t-elle.

— Quoi ?

— Tammy a tout en violet.

— Tu penses que ça pourrait être à elle ?

— Peut-être. Pourquoi l'aurait-elle posée ici ? Par accident ?

— Ou volontairement.

Elle pivota vers lui.

— Et si elle l'avait laissée pour moi ? Ou qu'elle l'avait laissée ici par sécurité ?

Elle balaya l'intérieur de la voiture des yeux.

— Mais c'est loin d'être sécurisé.

— Mais encore une fois, c'est quelque chose que les gens ne remarqueraient pas. Tu as l'habitude de laver ton véhicule ?

Elle acquiesça.

— Tout le temps. En général, une fois par semaine. Je l'ai nettoyé il y a quelques semaines, avant que ma vie ne devienne folle. Je ne l'ai pas vue à ce moment-là.

— Quand est-elle montée pour la dernière fois dans ta voiture ?

— Je ne sais plus.

Elle replongea dans ses pensées, cherchant une réponse à cette question, mais elle n'arrivait à rien. Elle secoua la tête.

— Au moins quelques jours avant qu'elle ne disparaisse.

— Même si tu avais vu la clé, tu n'y aurais probablement pas prêté attention.

Elle opina du chef.

— Ça m'est déjà arrivé, admit-elle. J'aimerais avoir mon ordinateur portable avec moi. Si tu en as un, nous devrions vérifier cela. Je n'ai pas envie de leur donner ce qu'ils veulent. J'ignore ce que c'est. C'est peut-être la preuve que quelqu'un vole dans l'entreprise ? Ou qu'il commet des actes criminels ?

— Dans ce cas, on va certainement leur donner la tienne et garder celle-là cachée dans un endroit sûr.

Il sortit son portable et contacta Stone. Elle le considéra. Elle n'avait jamais été fan des appels téléphoniques en conduisant. Mais lui n'avait pas l'air de s'en préoccuper.

— Stone, nous avons trouvé la clé cachée dans sa voiture. Nous n'avons pas d'ordinateur portable ici pour la consulter. Vous en avez un là-bas ?

— Merk a le sien.

— Il faut qu'on se rejoigne quelque part pour comprendre ce qui se passe ici. Cette clé USB est violette, la couleur préférée de Tammy.

— Oui, il y avait pas mal de bibelots violets chez elle. Nous avons besoin d'une clé leurre à leur donner.

— Nous en avons une.

Saul se tourna vers Rebel.

— Rebel en avait une dans son sac à main.

— D'accord, c'est bien. Nous devrons peut-être leur céder la vraie clé, mais copions d'abord les informations qu'elle contient.

— En avons-nous le temps ? demanda Rebel. Nous ne pouvons pas nous permettre d'être en retard.

Les hommes convinrent rapidement d'un lieu de rendez-vous, puis Saul entra dans un parking à quelques mètres de l'entrepôt, à l'arrière de l'épicerie, et se gara sur le côté. Quelques secondes plus tard, la Jeep s'arrêta à côté de lui. Saul et Rebel sortirent de la voiture et se dirigèrent vers cette dernière. Rebel voyait l'ordinateur portable s'allumer sur les genoux de Stone. Saul lui fit signe.

— Donne à Stone la clé de Tammy.

— Je ne suis pas en mesure de garantir que c'est celle de Tammy, tempéra-t-elle. Mais ce n'est pas la mienne.

— Bien.

Stone brancha la clé à l'ordinateur portable et ouvrit quelques documents Excel.

— De la comptabilité ? À part ça, ce n'est que du charabia.

— Eh bien, ça signifie quelque chose pour quelqu'un, dit Saul. C'est ça qui importe.

— C'est vrai.

Rebel regarda Stone copier le contenu et l'adresser à quelqu'un.

— À qui l'envoies-tu ? C'est une information confidentielle.

— Je l'ai envoyé à mon patron, déclara Stone à voix basse. Nous avons plusieurs spécialistes de la comptabilité chez nous. Tous dignes de confiance. Tous soucieux de la sécurité. Quelqu'un va déchiffrer tout ça. Et nous en avons besoin pour comprendre dans quel pétrin Tammy s'est fourrée.

— Espérons qu'au moment où ils comprendront, nous aurons déjà résolu l'affaire.

Saul consulta sa montre.

— Nous pouvons utiliser l'autre clé et leur en donner juste assez pour qu'ils soient satisfaits. Nous garderons celle-ci pour qu'ils ne mettent pas la main dessus. Nous n'avons presque plus de temps. Allons-y et assurons-nous d'arriver sur place à temps.

— Je préfère être en avance, dit Rebel. Et j'aimerais qu'on ait plus d'hommes, simplement au cas où les méchants viendraient avec beaucoup d'effectifs supplémentaires. Nous risquerions d'être en infériorité numérique.

Saul la considéra et sourit.

— Tu n'as pas confiance en nous, la railla-t-il.

Elle secoua la tête.

— J'ai confiance en vous. Mais pas en eux.

Sur cette note énigmatique, elle se dirigea vers le côté passager de son auto et y monta.

— Elle n'a pas tort, concéda Saul.

Les gars acquiescèrent.

— Où est leur voiture en ce moment ? demanda Merk.

Stone ouvrit un autre programme et tourna légèrement l'ordinateur pour que les autres le voient.

— Ils se sont arrêtés à une adresse ici, déclara-t-il. Je viens de contacter l'inspecteur et de lui communiquer cette information. Il nous envoie des renforts immédiatement. Je lui ai révélé nos projets, où nous sommes et où trouver le véhicule.

— Ils pourraient être en train de faire une halte, dit Dakota, un sourire complice sur le visage. On a bien réussi à les effrayer.

— Ou, intervint Saul sur une note plus sérieuse, ils pourraient s'être arrêtés dans le même quartier d'entrepôts, mais à côté de cette série de bâtiments abandonnés.

— Peut-être une visite au patron ? tenta Stone.

— Je propose qu'on passe d'abord en voiture et qu'on voie, suggéra Merk.

— Je vous suis.

Saul donna un coup sur la Jeep.

— Tout le monde se met en route. Nous n'avons pas de temps à perdre.

Il monta du côté conducteur de l'auto de Rebel alors que la Jeep démarrait en trombe, fit marche arrière et s'engagea dans la rue. Il regarda son véhicule partir et sourit. Il adorait cette voiture.

— Pourquoi ce sourire ?

— C'est ma Jeep.

Il y avait un peu de fierté dans sa voix.

— Je l'ai laissée ici quand j'ai déménagé au Texas.

— Comment se fait-il qu'ils la conduisent, et pas toi ?

— Pour l'instant, je m'occupe surtout de toi.

Dans son esprit, c'était aussi simple que ça. S'il avait pu la faire monter dans la Jeep avec le reste des gars, ça aurait été plus facile. Mais il aurait quand même dû s'occuper d'elle à ce moment-là. Il sourit.

— Ils vont l'abîmer.

Il perdit son rictus.

— Ne dis pas des choses pareilles.

Elle rit.

— Peux-tu affirmer qu'elle n'a jamais été accidentée ou qu'on ne lui a jamais tiré dessus ?

Il haussa les épaules.

— Elle l'a été. J'espérais la ramener au Texas au cours de ce voyage, mais j'ai besoin de plusieurs jours de congé pour parcourir le long trajet. Elle était garée chez ma mère, mais je pourrai la laisser chez un ami quand je prendrai l'avion cette fois-ci.

— Sympa.

Saul acquiesça.

— Le père d'un de nos patrons. Nous logeons régulièrement chez lui lorsque nous sommes dans l'Ouest.

— Cool.

Elle aurait aimé avoir plus de gens sur qui compter dans des moments comme celui-ci.

Au bout de cinq minutes, ils atteignirent le quartier des entrepôts.

— On ne va pas d'abord dans le même bâtiment ? demanda-t-elle.

Il se retourna pour la considérer.

— Non, le véhicule de Carney et Pete s'est arrêté ici et n'a pas bougé depuis.

Elle acquiesça.

— Tant qu'ils ne nous voient pas, prévint-elle.

— C'est le plan.

Saul avança, ralentissant à l'approche de la position GPS. Il éteignit les feux de la voiture et roula lentement. L'auto était garée à l'avant d'un hangar qui semblait désert.

— Oh, merde ! lâcha-t-il dans son souffle.

— Qu'est-ce que tu vois ?

— Je ne vois rien ni personne.

— Alors pourquoi « Oh, merde » ?

— Parce que je n'aime pas ça.

Il se dirigea vers l'arrière. Au fur et à mesure qu'ils roulaient, elle ne percevait aucune lumière dans le bâtiment. Elle avait conscience que l'intérieur de l'édifice était désert. Saul s'arrêta devant Stone qui était debout à côté de la Jeep, son téléphone allumé, en train de parler à quelqu'un. Il baissa sa vitre et s'adressa à Merk, qui se tenait à côté de Stone.

— Et ?

Merk orienta un visage sombre dans sa direction.

— Une balle entre les deux yeux pour chacun d'eux.

— Putain de merde !

Rebel s'approcha de lui et lui prit la main.

— Qu'est-ce que cela signifie pour la réunion ? Qu'ils ne seront pas présents ?

— Cela signifie que ces deux-là ne seront pas là, précisa Merk. Maintenant, nous avons affaire à l'inconnu. Et ce n'est pas une tournure que j'apprécie.

Elle ferma les yeux et s'affaissa sur son siège, les mains crispées. Saul entoura doucement l'un de ses poings de sa main beaucoup plus large.

— C'est simple. Quelqu'un se présentera quand même. Nous avons la clé.

— Pourquoi ne pas leur fournir la vraie clé ? demanda Rebel. Nous avons déjà une copie. Cela ne change rien. Donnez-leur la vraie, et récupérons Daniel et Tammy.

Elle le regarda sortir du véhicule et s'approcher des hommes pour leur parler. Avec les vitres baissées, elle pouvait presque déchiffrer la conversation. Ils étaient si près de retrouver Tammy qu'elle avait du mal à respirer. Si elle perdait cette piste, il y avait de fortes chances qu'elle ne sauve jamais son amie. Même si elle ne voulait pas que ses deux traqueurs meurent, elle était contente des informations qu'ils avaient obtenues de leur part.

Elle tenta de ravaler un sanglot qui lui montait à la gorge. L'entrepôt abandonné semblait silencieux et vide, mais cela ne voulait pas dire qu'il l'était. La dernière chose dont elle avait envie, c'était une balle entre ses yeux – ou ceux de Tammy. Mais elle avait également conscience que leur temps était compté.

Ce fut alors que Saul remonta dans le véhicule.

— Nous allons leur donner la clé parce que, comme tu l'as dit, nous en avons une copie. C'est notre meilleure chance de les convaincre que nous avons ce qu'ils désirent.

Le problème est que, puisqu'ils auront ce qu'ils désirent, ils n'auront plus besoin de nous, ni de Tammy, ni de Daniel.

— Et l'inspecteur Wilson ?

— Il nous rejoindra là-bas.

Elle émit un rire étranglé.

— S'il arrive à temps.

Saul secoua la tête.

— Calme-toi. Il fait de son mieux. Ils auront probablement cinq ou dix minutes de retard, mais c'est tout. Ils savent aussi à quel point c'est important pour leur dossier.

Elle acquiesça, mais n'avait pas envie d'approuver quoi que ce soit.

Lorsque Saul démarra le véhicule et accéléra lentement, elle voulut lui hurler d'appuyer sur l'accélérateur et de se rendre à la rencontre. Elle voulait crier de frustration, mais finit par lâcher :

— Pourquoi conduis-tu si lentement ?

— Parce que les gars et moi souhaitons voir qui et quoi est susceptible de se promener dans cette partie de la ville.

Logique, raisonnable, et cela ne faisait aucune différence pour elle.

— Je ne vois pas comment tu peux distinguer quoi que ce soit. Il fait si sombre.

Elle reconnaissait à peine l'endroit, même si elle y était déjà venue.

Lorsqu'il entra dans le parking de l'entrepôt et gara la voiture, presque à l'endroit exact où elle était stationnée auparavant, elle poussa un soupir de soulagement. Sans lui donner l'occasion de l'arrêter, elle sortit du véhicule et ferma discrètement la portière. Elle écouta, la tête penchée vers l'intérieur du bâtiment. L'endroit semblait désert. Saul descendit de l'auto et se dirigea vers elle. Au lieu de regarder l'entrepôt, il chercha en hauteur.

— Qu'est-ce que tu cherches ?

Il se tourna vers elle et murmura :

— Des tireurs d'élite.

Son cœur se figea. Comment allait-elle s'y prendre ? Elle n'avait aucune idée de ce à quoi elle risquait d'être confrontée à ce moment-là. Et ces hommes étaient bien mieux préparés qu'elle. C'était effrayant de penser qu'elle avait été à deux doigts de se retrouver dans cette situation à tout instant au cours de la semaine précédente.

De plus, si l'un de ces types l'avait attrapée, elle aurait servi d'otage, comme les autres. Ou pire, elle serait morte comme les deux gars qu'ils avaient tués quelques minutes plus tôt. Il tendit la main et l'attrapa.

— Reste avec moi. Reste silencieuse. Ne te sépare de moi sous aucun prétexte. Tu comprends ?

Elle acquiesça.

— Compris.

Elle pivota pour chercher les autres hommes, réalisant que la Jeep ne s'était pas montrée. Elle lui serra la main et avança vers le bâtiment.

— Où sont les autres ?

— Ils sont déjà là.

Elle expira doucement. Ce n'était pas parce qu'elle ne les voyait pas qu'ils n'étaient pas arrivés. Il lui pressa la main pour la rassurer et l'accompagna lentement jusqu'à l'entrée du hangar.

— Tu as la clé ?

Elle la souleva dans ses doigts. Il opina du chef.

— C'est bien.

Ils pénétrèrent dans l'entrepôt. Cette vaste monstruosité de verre et de tôle était déserte, désolée. Des frissons lui parcoururent le dos. Elle avait envie de rentrer chez elle en courant. Mais si Tammy était là, il était hors de question qu'elle tourne les talons et s'enfuie.

Elle avança le menton et fixa des yeux le bâtiment qui la terrifiait. Les choses allaient probablement empirer ce soir-là. Elle devait maîtriser ses émotions avant que Saul ne la renvoie dans le véhicule et n'insiste pour qu'elle y reste enfermée. C'était la dernière chose dont elle avait envie.

Sous sa conduite, ils fouillèrent lentement et silencieusement le bas de l'édifice, puis prirent les escaliers. Elle avait conscience qu'ils aboutiraient dans la pièce où le sans-abri avait été abattu. Il était logique que Tammy ait été ici, quelque part. À l'étage, toujours en marchant doucement, Saul la conduisit dans la direction où le vagabond avait été trouvé. Juste avant d'entrer, il s'arrêta et écouta, la tête penchée sur le côté. Il lui serra la main et, à voix basse, presque sans bruit contre son oreille, il murmura :

— Ils sont là. Prépare-toi.

Elle se raidit et s'agrippa à ses doigts comme à une bouée de sauvetage. Il contourna la porte. Dans l'ombre, un homme dit :

— Entrez.

Saul fit un pas en avant, l'entraînant avec lui. Elle essaya de voir dans l'obscurité, mais même la lumière de la lune ne permettait pas à son regard de pénétrer à l'intérieur. Elle parvenait à distinguer des formes sur le sol, mais elle ignorait de qui ou de quoi il s'agissait.

— Vous l'avez apportée ?

Un hibou hulula tout près d'elle, la faisant frissonner à ce son solitaire.

— Oui, confirma-t-elle d'un ton de défi. Où est Tammy ?

Se souvenant du regard de Stone, elle ajouta :

— Et Daniel.

— Vous les aurez dès que j'aurai vérifié la marchandise.

Un ordinateur portable s'ouvrit dans une douce lueur. Saul lui prit la clé des mains, avança de quatre pas et la brandit. Un type se détacha de l'ombre. Elle ne le reconnut pas. Il attrapa la clé des mains de Saul et s'approcha de l'homme à l'ordinateur portable. Saul se tint de nouveau à côté d'elle. Instinctivement, elle lui tendit la main. Elle ne pouvait en aucun cas l'empêcher de sentir les frissons qui lui agitaient le corps. Elle était tellement effrayée. Le silence régna pendant que la clé était insérée et que les documents s'ouvraient.

Puis l'ordinateur portable fut refermé, et on leur ordonna de se retourner et de se tenir dans l'embrasure de la porte. Elle haleta.

— Où est Tammy ? Vous avez promis qu'elle était ici.

— Tournez-vous et restez dans l'embrasure de la porte, répéta l'inconnu.

Son ton leur indiquait qu'aucune discussion n'était permise. Elle entendit des armes se charger, et elle réalisa que ses actions imprudentes l'avaient peut-être menée à la mort.

Sous l'impulsion de Saul, elle s'engagea avec lui dans l'ouverture de la porte. Et elle attendit.

La balle qui mettrait fin à sa vie.

SAUL AVAIT CONSCIENCE que les gars n'étaient pas loin. Il ne pouvait qu'espérer qu'ils étaient déjà dans la pièce. Il y avait un autre couloir qui menait à d'autres pièces. Il pressa la main de Rebel et, d'une voix aussi basse que possible, il murmura :

— Prépare-toi.

Il sentit son regard surpris et murmura :

— Trois, deux, un.

Elle fut secouée vers la gauche. Il la tira jusqu'à lui et sortit par la porte dans le corridor. Il tendit l'oreille en quête de bruits de pas, mais il n'y en avait pas.

Elle le considéra avec surprise. Il porta un doigt à ses lèvres. Puis il entendit de nouveau le hululement d'une chouette. Il se détendit.

Il désigna la pièce et déclara :

— Maintenant, j'appelle Stone.

Elle l'observa avec des yeux écarquillés.

— Quoi ?

Il la reconduisit dans l'espace sombre, presque obligé de la pousser, tant elle était rétive. C'est alors qu'ils l'entendirent de nouveau. Le hibou. Mais cette fois-ci, il était très proche. Elle sursauta lorsqu'une lampe de poche s'alluma.

— C'est bon, Rebel. C'est nous.

Saul fixa des yeux les visages de ses hommes, puis laissa tomber son regard sur le sol.

— Vous les avez eus ?

— On en a eu deux. L'un d'eux a disparu.

— Et Tammy ?

Elle se précipita vers l'avant.

— Où est Tammy ?

La lampe torche se déplaçait dans la pièce, mais il n'y avait personne d'autre. Elle se retourna et considéra Saul.

— Nous devons la trouver.

Saul partagea un regard dur avec Stone. Ils savaient tous les deux que les chances qu'un des deux otages soit libéré étaient minimes.

— C'est quoi, ça ? s'écria Rebel.

Elle se retourna et courut vers la sortie.

— Attends, hurla Saul.

Mais elle avait disparu.

Jurant, il sortit de la pièce derrière elle. Il perçut alors ce qu'elle avait entendu.

Une femme qui sanglotait. Les autres l'entendirent aussi. Les lampes de poche allumées devant eux, ils fouillèrent le niveau.

— Rebel, où es-tu ?

— Je suis en bas.

— Sacrée Rebel, grogna Saul en la suivant rapidement, sachant que les gars finiraient de scruter l'étage avant de descendre.

Rebel hurla soudainement.

— Quoi ? Attends-moi ! rugit-il.

— Non, tout va bien, répliqua-t-elle en criant, riant et pleurant à mesure qu'il se rapprochait. C'est Tammy. Je l'ai trouvée.

Chapitre 12

R EBEL S'EFFONDRA À côté de son amie. Tammy gémit, son sanglot était profond et guttural.

— Doucement, Tammy. Calme-toi. Les secours arrivent.

Rebel tenta de réconforter son amie, mais cette dernière gémit de nouveau.

Rebel entendit les hommes approcher.

— Par ici, indiqua-t-elle. Apportez une lampe de poche.

Instantanément, la lumière se dirigea vers elle, illuminant d'abord le visage de Tammy, puis ses pieds.

— Oh, mon Dieu ! s'exclama Rebel. Qu'est-ce que cela signifie ?

Saul s'agenouilla à côté d'elles.

— Ce n'est pas Tammy.

Le cœur brisé, Rebel regarda la superviseuse avec laquelle son amie avait souvent des différends.

— C'est Samantha, la patronne de Daniel et Tammy.

Saul tendit la main pour vérifier son pouls.

— Elle a été violemment battue, et son pouls est faible.

Il y avait du sang partout, et il était évident que sa jambe était cassée. Elle respirait à peine. Saul déclara :

— Côtes cassées, peut-être un poumon perforé aussi.

Stone arriva derrière eux.

— L'ambulance est en route. Nous allons procéder à une

rapide vérification, à l'intérieur et à l'extérieur, pour nous assurer que Daniel et Tammy ne sont pas là.

Rebel les entendait, mais le choc la maintenait sans voix. Elle brandit la main vers Samantha, qui geignit de douleur. Reculant, elle murmura :

— Oh, mon Dieu ! Qu'est-ce qu'ils lui ont fait ?

— Ils lui ont probablement brisé presque tous les os du corps, expliqua Saul, dont la fatigue et la méfiance étaient visibles sur le visage. Nous voyons des choses comme ça dans les affaires de drogue qui tournent mal. Mais de nos jours, ils se contentent généralement de vous tirer dessus. Une raclée comme celle-ci est très personnelle et sert souvent d'avertissement pour les autres.

— Et Tammy ? Cela signifie qu'ils lui ont infligé pire ? le questionna Rebel avec anxiété.

Il releva son regard pour l'étudier.

— Garde espoir, tu t'en souviens ? Nous ne savons pas où elle se trouve ni comment elle va.

Il désigna Samantha et demanda :

— As-tu une idée de la durée de sa disparition ?

Rebel secoua la tête.

— Non, j'étais en congé la semaine dernière.

S'inquiéter de retrouver Tammy était sa seule préoccupation, à part murmurer des encouragements à la pauvre Samantha qui était dans un état si critique.

Ce fut un soulagement intense d'entendre la sirène lointaine de l'ambulance. Les secours seraient bientôt sur place. Mais où était l'inspecteur ? Mentalement, elle les pressa d'arriver plus rapidement, pour aider cette femme.

Tout en l'espérant, elle ressentait également un désespoir croissant à l'idée de fouiller davantage le bâtiment dans l'espoir de mettre la main sur Tammy.

— Pourquoi auraient-ils amené Samantha et pas les autres ? demanda-t-elle, en quête de réponses.

Saul garda le silence pendant un moment.

— Parce qu'ils le pouvaient, supposa Rebel. Parce qu'ils avaient toutes les cartes en main. Parce que Samantha était encore en vie, contrairement aux autres qui sont peut-être morts.

— Ils auraient pu amener les autres même s'ils étaient morts.

— Il est également possible, intervint Merk, qu'ils aient voulu s'assurer d'avoir exactement ce dont ils avaient besoin sur la clé, ou qu'il leur faille plus d'informations de la part de Tammy et Daniel avant de les tuer.

— Et pourtant, nous n'avons rien découvert de plus. Nous ignorons où sont Tammy et Daniel, et le véhicule que nous avons suivi jusqu'ici ne nous a conduits qu'aux deux hommes morts. L'enfoiré qui a enlevé nos amis s'est volatilisé une fois de plus.

La vérité était si douloureuse qu'elle ne savait pas comment la gérer. Elle avait envie de hurler de rage, mais aussi de se recroqueviller dans un coin, vaincue. En observant la pauvre femme brisée en face d'elle, elle réalisa que Tammy n'avait aucune chance.

Rebel tendit une main tremblante, repoussa quelques mèches de cheveux de Samantha et entendit un gargouillis lourd suivi d'un silence. Un silence total. Rebel sursauta, se couvrant la bouche avec la main tandis qu'elle attendait frénétiquement que la poitrine de Samantha se soulève de nouveau. Mais cela n'arriva pas.

— Oh, non, non, non, non ! Respirez, s'il vous plaît. Respirez, s'il vous plaît.

Saul prit sa main.

— Reste calme.

Les yeux rougis, elle le regarda avec désespoir.

— Elle est morte.

— Oui. Mais je ne pense pas qu'aucun de nous aurait pu faire quoi que ce soit pour elle entre-temps. Elle était très gravement blessée.

Au même moment, des policiers en uniforme et des ambulanciers firent irruption dans la pièce. Les brancardiers se précipitèrent vers le corps de Samantha. Saul se leva, contourna ce dernier et écarta Rebel. Les ambulanciers se mirent au travail.

Tout en observant, elle maintenait l'espoir.

— Elle a arrêté de respirer, cria-t-elle. S'il vous plaît, essayez de la sauver.

Les hommes semblaient imperméables aux supplications de Rebel. Leurs yeux étaient rivés sur la femme devant eux, leur concentration entièrement absorbée par les efforts pour maintenir son cœur en marche. Après dix minutes tendues, ils secouèrent la tête, annonçant silencieusement la défaite.

Rebel éclata en sanglots, son cœur était douloureux, et sa peur grandissait de seconde en seconde. Elle se blottit instinctivement contre la poitrine chaleureuse de Saul, cherchant du réconfort dans le tumulte émotionnel. Il l'enlaça, se contentant de la tenir, sans lui frotter le dos ni les bras. Cette fois-ci, il évita les platitudes, reconnaissant la profondeur de la peine qui l'envahissait.

Elle se sentait prête à imploser, comme si un ouragan faisait rage à l'intérieur d'elle, attirant tout vers le centre. Les larmes coulaient librement, tandis qu'elle détestait cette sensation de faiblesse qui tentait désespérément de s'échapper de la tension constante qui régnait en elle.

Lorsque les éléments les plus violents de cette tempête

émotionnelle se dissipèrent, elle resta silencieuse dans les bras de Saul, se demandant si elle aurait pu faire quelque chose de plus pour sauver cette femme. Saul lui caressa doucement les cheveux pour les éloigner de son visage.

— Comment je peux t'aider maintenant ?

Elle se frotta les yeux avec sa manche, agissant presque comme un enfant de deux ans. Reculant d'un pas, elle évita son regard.

— Je suis désolée, murmura-t-elle. Il y a longtemps que je n'ai pas craqué comme ça.

— C'est normal. Ne sois pas trop dure avec toi-même. Tu as subi une série de chocs, qui ont semblé t'apporter un soulagement, pour finalement aboutir à une défaite.

Il la considéra d'un air compatissant, reconnaissant la complexité de ses émotions.

Elle releva les yeux, qui exprimaient une morosité profonde.

— Je ne sais même pas quoi faire maintenant.

— Tu as besoin de dormir. Nous en avons tous besoin.

Saul tenta de lui offrir un semblant de direction dans cette obscurité émotionnelle.

Elle observa autour d'elle, peut-être en quête d'une réponse dans leur environnement chaotique.

— Les autres ont trouvé quelqu'un d'autre ?

Il branla le chef.

— Non.

Elle baissa la tête.

— Tammy est morte, n'est-ce pas ?

La question planait dans l'air, empreinte de désespoir.

Saul n'émit pas de réponse.

SAUL HÉSITA À répondre, car si Tammy n'était pas déjà morte, elle souhaiterait bientôt l'être. Dans son esprit, il lutta pour trouver une raison valable de maintenir Tammy et Daniel en vie, surtout après ce qu'ils avaient infligé à Samantha. Ce criminel était désormais responsable de deux enlèvements et de quatre décès, une réalité difficile à accepter.

Stone s'approcha d'eux, désigna les policiers qui les entouraient et demanda :

— Prêts à partir ?

Il acquiesça.

— Pour aller où ?

— Au poste de police. Sur les deux hommes que nous avons attrapés, l'un s'est fait tirer dessus. Les ambulanciers vont l'arrêter et l'emmener à l'hôpital, et l'autre est en route pour le commissariat. Aucun des deux n'avait de papiers d'identité.

Saul opina du chef. Il se souvenait de la mention de l'arrestation des hommes, mais certainement pas de la plupart des détails après avoir remis la clé. Tout s'était déroulé si vite par la suite. Le fait qu'ils aient deux types vivants à interroger, eh bien, cela lui donnait envie de se réjouir.

— J'espère que nous aurons l'occasion de les interroger après la police, dit-il. Après ce qu'ils ont fait à cette femme…

Stone approuva, le regard dur.

— Ne t'inquiète pas. Même s'il va en prison, il ne vivra pas longtemps.

— Encore trop longtemps, déplora Rebel avec passion. Ils l'ont mise en pièces.

Saul lui passa un bras autour des épaules et la serra de nouveau contre lui.

— Cela ne veut pas dire que Tammy a subi la même chose.

Rebel prit une profonde inspiration, puis la relâcha lentement.

— Je continue à m'accrocher à ça.

— Nous avons du pain sur la planche, mais nous avons aussi besoin de repos. On va au commissariat, puis on retourne chez Richard pour se reposer. Un nouveau départ demain matin.

— Parfait.

Saul conduisit Rebel loin des taches de sang sur le sol, à l'extérieur, vers sa voiture. Elle se déplaçait automatiquement, le visage vide d'épuisement. Elle monta dans le véhicule quand il le lui demanda, s'assit et boucla sa ceinture. Et elle ne pipa mot. Elle se contenta de regarder fixement, les bras enroulés autour de la poitrine. Il ferma la portière, s'approcha du côté conducteur et, à voix basse, dit à Stone :

— Elle est mal en point.

Merk les rejoignit.

— Je viens d'annoncer à Foster qu'elle viendra avec nous. Au moins, elle aura un endroit où passer la nuit.

Saul acquiesça.

— Je vous suis.

Il monta dans son véhicule, démarra le moteur, attendit que la Jeep parte et se glissa derrière elle dans la rue vide. Il entendit sa petite voix :

— Où allons-nous ?

— D'abord au commissariat, puis dans un endroit sûr pour dormir.

— Et moi ?

— Tu resteras avec nous pour le moment.

Son soulagement était palpable. Il lui tendit les doigts et

les serra doucement dans sa main.

— Nous ne te laisserons pas.

— Vous êtes ici pour une mission. Pour moi, c'est ma vie. Si je ne retrouve pas Tammy, je ne sais pas comment je pourrai recommencer à zéro.

Il lui comprima les doigts de nouveau avant de les lâcher pour remettre sa main sur le volant, et changea de vitesse alors qu'il tournait vers la rue principale.

— Nous devons nous rappeler que ce n'était pas Tammy. C'est peut-être bon signe. Peut-être pas. Ce que nous savons, c'est qu'elle pourrait être encore en vie.

Elle s'installa et ferma les yeux.

— Pourquoi le poste de police ?

— Merk et Dakota ont amené les deux hommes qu'ils ont capturés. L'un d'eux s'est fait tirer dessus par son patron. La balle n'est pas passée entre ses deux yeux comme pour les autres. Elle a effleuré un côté du crâne. Je pense qu'il s'en sortira, mais nous savons qu'il est parti sous bonne garde à l'hôpital.

Elle ouvra les paupières.

— On a quelqu'un ?

Elle se redressa à moitié.

— Deux personnes ?

Il acquiesça et expliqua. Quand elle s'effondra de soulagement, elle murmura avec ferveur :

— Dieu merci, c'est énorme.

— N'est-ce pas ? Nous n'avons pas tout perdu.

— Nous aurions dû les interroger avant l'arrivée des flics. Sinon, on ne peut pas leur faire avouer ce qu'on veut savoir.

Il s'esclaffa.

— J'ai confiance en Stone.

— C'est lui qui les a trouvés ?

Saul acquiesça. Elle sourit.

— Alors, espérons que Stone soit aussi méchant qu'il en a l'air.

— Ce sont tous des ours en peluche. Stone est seulement le plus grand d'entre eux.

— C'est le cas de beaucoup de ces grands gaillards, murmure-t-elle.

— Finissons-en avec le poste de police, et ensuite nous pourrons nous reposer. Quelques heures de sommeil feront une sacrée différence.

Chapitre 13

L A VISITE AU poste de police fut très courte. Dakota avait négocié afin que les hommes y retournent le lendemain pour faire leur déposition et éventuellement voir le prisonnier. Ils ne pouvaient rien faire de plus ce soir-là. En promettant de revenir le lendemain matin, ils se dirigèrent vers leurs véhicules. Saul ne tarda pas à pénétrer dans une très grande propriété. Foster les attendait à l'extérieur.

— Ouah, murmura-t-elle. Je n'ai jamais rien vu d'aussi élégant.

— Richard est médecin et dirige un hôpital privé. C'est un homme bon.

Elle acquiesça. Mais elle ne prononça rien d'autre. Ils entrèrent, et elle fut escortée jusqu'à une chambre au deuxième étage. Saul poussa la porte, alluma et dit :

— Voici le sac que tu as préparé.

Elle le considéra avec surprise.

— Il s'est passé tellement de choses que j'ai tout oublié. J'ai tout oublié. J'aurais dû appeler Roger au service des ressources humaines et lui parler.

— C'est trop tard pour l'instant.

Elle acquiesça.

— J'ai son numéro. Je vais peut-être lui envoyer un texto. Il me rappellera dans la matinée.

Elle sortit son téléphone et envoya un message à Roger.

— Voilà. Au moins, je dormirai mieux maintenant.

Son portable sonna presque immédiatement. Elle lança un regard surpris à Saul.

— C'est lui.

— Roger ?

— Tu es sérieuse à propos de Samantha ? demanda Roger. Oh, mon Dieu ! Qu'est-ce qui se passe ?

— Oui, confirma-t-elle. Je dois admettre qu'il faudra beaucoup de temps avant que l'image de son corps brisé ne me sorte de l'esprit.

— Tammy et Daniel étant n'étant pas là, elle travaillait très tard le soir pour compenser le manque à gagner. Nous devons comprendre ce qui se passe. Ton absence constituera une excuse à des commérages supplémentaires.

— Je vais bien. Mais les autres… je n'en suis pas si sûre. Elle se frotta le côté du front.

— Y a-t-il quelque chose que tu puisses me dire sur la vie de Samantha ? Je ne sais même pas où elle vivait.

— Je suis certain que les flics sont sur le coup.

— Je sais. Ils seront aussi sur ton dos, déclara-t-elle. Mais je collabore avec la société de sécurité privée qui enquête sur la disparition de Daniel.

— J'ignore ce que je peux te dire à propos de Samantha. Ce service était très fermé. Les hommes de son département étaient proches d'elle. Tammy, pas tellement.

— Oui, c'est ce que je sais de Tammy. L'appartement de Daniel a été vidé. Celui de Tammy est intact, d'après ce que j'ai vu. Le mien a été complètement détruit.

Elle expliqua rapidement ce qu'ils avaient découvert.

— Oh, c'est terrible ! compatit-il. Maintenant, tu te retrouves dans ce pétrin.

— Je veux seulement mettre la main sur Tammy. Je pensais l'avoir trouvée jusqu'à ce que les lampes de poche prouvent que c'était Samantha.

— Mon Dieu.

— D'où venait Samantha ? Pour quelle entreprise travaillait-elle ?

— Une autre société de télécommunications dans l'Est. Elle avait été transférée ici, et quelques mois après son arrivée, elle était venue chez nous. Je peux te donner son adresse. Je ne pense pas que cela soit très utile, et je ne suis pas sûr que vous soyez en mesure d'entrer de toute façon, sans l'aide de la police.

Mais il s'empressa de donner une adresse.

— Je ne révélerai à personne où je l'ai eue.

— Presque tout le monde ici aurait pu te la fournir. Une de nos fêtes de Noël s'était déroulée chez elle. Tu n'y es jamais allée, sinon tu saurais aussi où elle habitait.

— Elle n'était pas mariée, elle n'avait pas de famille, c'est ça ?

— Pas d'enfants et je ne sais pas si elle vivait avec quelqu'un. J'ai pensé qu'il y avait peut-être quelque chose entre elle et Daniel. Enfin, il y a eu quelque chose entre eux deux pendant un petit moment, mais ça s'est arrêté il y a un an.

— Vraiment ? J'ai besoin de le savoir.

Elle parla avec lui encore quelques minutes, puis raccrocha.

— Pourquoi n'es-tu pas allée à la fête de Noël ? demanda Saul.

Elle haussa les épaules.

— Tammy et moi avions prévu de faire un truc ensemble, et la dernière chose qu'elle voulait, c'était voir quelqu'un qu'elle fréquentait suffisamment au travail et qu'elle n'aimait pas vraiment.

Rebel sourit en regardant autour d'elle, son attention se portant sur le lit fraîchement fait. Observant ses vêtements, elle déclara :

— J'ai d'abord besoin d'une douche.

Il traversa la pièce et ouvrit une porte.

— Tu as une salle de bains attenante ici.

Il alluma pour qu'elle constate qu'il n'y avait personne d'autre.

— Ma suite est à droite, à côté de la tienne.

Il montra à gauche.

— Stone est à gauche.

Elle esquissa un sourire fatigué.

— Je devrais bien dormir.

Il s'approcha d'elle et lui déposa un léger baiser sur le nez. Il commença à partir, s'arrêta, revint. Elle était toujours là, à le regarder. Il baissa la tête et l'embrassa sur les lèvres. En relevant la tête, il murmura :

— Maintenant, dors.

Et il prit congé.

SORTIR FUT L'UNE des choses les plus difficiles qu'il ait jamais faites. Pourtant, c'était nécessaire. Même s'il voulait rester et la tenir dans les bras toute la nuit, il y avait de fortes chances qu'aucun des deux ne dorme. Et elle avait besoin de se reposer. Il se dirigea vers la suite qu'il partageait avec Dakota.

— Je n'étais pas sûr que tu reviennes, le railla-t-il.

— Bien sûr que j'allais revenir. Il n'y avait aucune chance qu'il en soit autrement.

Il essaya de garder une voix légère au lieu de laisser Dakota se rendre compte qu'il était troublé à l'intérieur.

— Mais tu es intéressé ?

Saul haussa les épaules.

— Il ne me reste plus qu'un jour ici. Comme toi, je vis maintenant au Texas.

— Il n'y a pas de raison que tu ne parviennes pas à la convaincre de t'y rejoindre. Regarde ce que Harrison a fait.

— Pas seulement Harrison. C'est incroyable le nombre de femmes qui sont passées de la côte ouest au Texas.

— Levi devrait ouvrir un bureau en Californie. Je suis sûr que nous rencontrerions beaucoup de femmes qui souhaitent rester sur la côte ouest.

Saul secoua la tête.

— J'aime vivre au Texas. Apparemment, beaucoup de femmes y sont déjà ou sont heureuses de s'y installer.

— Mais tu sais quoi ? Parfois, le cœur attrape tout ce qu'il veut, quoi qu'il arrive.

— Je ne suis pas sûr de ce que je ressens. Il y a une chose que j'admire vraiment chez elle.

Dakota dit :

— La loyauté.

— OK, donc plus d'une chose.

Il acquiesça.

— Intégrité, honnêteté et loyauté. Ce sont toutes les qualités que nous avons cultivées au cours de la dernière décennie. C'est la raison pour laquelle nous sommes tous heureux dans l'entreprise de Levi. C'est ce que nous apprécions. C'est ce à quoi nous tenons.

— Et c'est ce que toutes les femmes qui nous ont rejoints apprécient également.

Saul se dirigea vers la salle de bains et prit une douche rapide. Ils manquaient déjà de sommeil. Et le lendemain risquerait d'être une autre journée chargée. Lorsqu'il eut terminé, Dakota était déjà dans le lit le plus éloigné, sur son ordinateur portable. Tant mieux, car Saul souhaitait le lit le plus proche de la porte.

— Qu'est-ce que tu cherches ?

— Combien de temps il te faudrait pour aller d'ici au Texas avec ta Jeep.

— Je devrais la vendre.

— Ne fais pas ça. Tu l'aimes beaucoup.

— Elle est restée en Californie pendant des mois, et c'est bon de l'avoir de nouveau, mais je ne la conduis même pas pendant que je suis ici.

— Tu pourrais.

— Pas vraiment. Pas si je dois garder un œil sur Rebel.

Il se mit au lit et éteignit la lumière.

— Tu devrais dormir un peu. Le matin arrive à grands pas.

Dakota ferma son ordinateur portable et éteignit la dernière lumière.

— La nuit est déjà terminée.

— J'espère que demain sera bien meilleur qu'aujourd'hui.

— Si tu ramènes la Jeep, nous pourrons envoyer une remorque avec ses affaires, bien qu'il lui reste si peu de choses que nous n'en aurions même pas besoin. Elle pourrait simplement acheter ce qu'il lui faut au Texas.

— Pas question.

Saul refusait d'envisager une telle éventualité. Rebel était incroyable, mais ce n'était pas pour autant qu'elle était faite pour lui. Du moins, il ne le pensait pas.

— Tu sais quoi ? Je n'en suis pas si sûr.

Et sur cette note énigmatique, Dakota se retourna et

s'endormit. Le problème, c'était que ses paroles laissèrent Saul songeur, longtemps, avant qu'il ne s'endorme lui-même, emportant les pensées de Rebel dans ses rêves, où il se sentait comme à la maison grâce à elle.

L'AMOUR DE SAUL

s'endormit. Le problème, c'était que ses paroles laissèrent Saul songeur, longtemps, avant qu'il ne s'endorme lui-même, emportant les pensées de Rebel dans ses rêves, où il se sentait comme à la maison grâce à elle.

Chapitre 14

REBEL REGARDA FIXEMENT la porte fermée après que Saul fut sorti. Elle détestait l'admettre, mais dès qu'il était parti, elle s'était sentie extrêmement seule. Le fait est qu'à l'intérieur de sa chambre, elle avait toute l'intimité nécessaire pour pleurer et crier sa frustration. Mais elle n'arrivait pas à se libérer pour agir de quelque façon que ce soit. À l'intérieur, elle était figée.

Les images du corps battu de Samantha torturaient son imagination. Comment pouvait-on infliger ça à quelqu'un ? Ce n'était pas normal. Il était difficile de penser à ce qu'elle aurait pu vivre. Samantha n'était peut-être pas sa personne préférée, mais elle était toujours la fille, la mère, la sœur, la belle-sœur, la cousine de quelqu'un. Quelqu'un, quelque part, se souciait d'elle.

La peur, la torture et les tourments que Samantha avait subis, Rebel ne les souhaiterait à personne. Elle n'avait pas été exposée à la dépravation de la condition humaine avant cela – pas à ce point. Et elle apprenait tout un tas de choses qu'elle aurait aimé pouvoir désapprendre. Elle n'était pas sûre de réussir à dormir, même si elle était épuisée.

L'image de la mâchoire de cette femme, de son visage si abîmé, de son orbite meurtrie et de l'état sanglant dans lequel elle était couchée hanterait les rêves de Rebel jusqu'à la fin de sa vie. Si une toute petite lumière brûlait à la fin de tout cela, elle était reconnaissante du fait que le corps meurtri qu'elle avait trouvé n'était pas celui de Tammy. Mais même en sachant cela, elle pourrait être en train de gésir dans un fossé quelque part.

Le chagrin et la douleur l'envahirent. Elle se rendit dans la salle de bains et se débarrassa rapidement de ses vêtements. Une douche chaude l'aiderait. Elle arriverait peut-être à s'éclaircir l'esprit et le cœur. Elle serait en mesure d'apaiser son stress.

Elle aperçut son visage dans le miroir et grimaça. Entre le moment où elle avait prêté main-forte à la pauvre femme et son arrivée dans cette pièce, elle s'était barbouillée le visage et la paume des mains de sang. Elle dévisagea la femme hagarde qui la regardait et réalisa tout ce que cette semaine lui avait pris.

Elle se détourna résolument. Elle n'abandonnerait pas tant qu'elle n'aurait pas retrouvé Tammy. Sans se soucier de l'heure, elle se plongea dans l'eau chaude et laissa la chaleur s'abattre sur son dos, sa tête et ses épaules. Lorsqu'elle tourna le visage vers le jet d'eau, elle ne sut pas exactement où la douche avait commencé et où ses larmes s'étaient arrêtées. Elle ne savait pas non plus combien de temps elle était restée là, à laisser ses émotions se déchaîner dans son organisme.

Finalement, enveloppée dans une serviette, elle se dirigea vers le lit et se sécha rapidement les cheveux avec une autre serviette, puis sortit un t-shirt et une culotte qu'elle enfila avant de se mettre au lit.

Sa tête toucha à peine l'oreiller qu'elle fut plongée dans un mauvais rêve qui hurlait de rage et de douleur.

Elle se réveilla moins d'une heure plus tard, en nage, le corps tremblant, la panique s'emparant d'elle. Elle se débarrassa des couvertures et resta allongée, frissonnante, tandis que l'air frais du matin séchait sa peau trempée de sueur. Elle frémit. Son existence était devenue un cauchemar sans fin. Elle ne savait pas comment en sortir.

Alors qu'elle se demandait si elle pouvait aller chercher un verre de tisane dans la cuisine, des sirènes retentirent dans la maison. Elle se leva d'un bond et se figea. Ce n'était pas une alarme incendie. Elle se tapa les mains sur les oreilles à cause de la tonalité étrange du son. Des bruits de pas se firent entendre dans le couloir. Elle se précipita vers la porte tandis que Saul l'ouvrait de l'autre côté.

— Il y a un intrus dans la propriété.

Elle le dévisagea intensément, la bouche entrouverte.

— Mon Dieu, c'est l'alarme du système de sécurité ?

Il opina du chef.

Après avoir enfilé son peignoir et glissé les bras dans les manches, elle le suivit dans le couloir.

— Tu veux rester ici ? lui proposa-t-il en scrutant son visage.

Elle secoua la tête.

— Non, je reste là où tu es. Je ne veux en aucun cas être séparée de toi.

Il acquiesça et la guida vers la cuisine.

Elle jeta un coup d'œil à la pièce déserte.

— Où est passé tout le monde ?

— Foster est dans la salle de surveillance. Il vérifie les caméras. Il a dû envoyer tout le monde dans différentes directions.

Il lui adressa un sourire en coin.

— Je suis là pour te protéger.

Elle roula des yeux.

— Donc, c'est encore du baby-sitting. Je pourrais être dans la salle de surveillance avec Foster aussi facilement qu'ailleurs.

Il sembla réfléchir, puis approuva.

— Viens par ici, alors.

Il la conduisit à travers plusieurs couloirs et monta un petit escalier menant à une autre pièce. Lorsqu'ils franchirent la porte, elle perdit toute notion de l'itinéraire emprunté.

— C'est un labyrinthe ici. Personne ne trouverait jamais son chemin.

Foster leva les yeux et lui sourit.

— Désolé de vous avoir dérangée dans votre sommeil, s'excusa-t-il.

Elle sourit à l'homme plus âgé.

— Je venais de me réveiller d'un cauchemar horrible, alors c'est un répit apprécié. J'espère que l'intrus n'a pas causé de graves dégâts.

— Il faudrait déjà qu'il puisse, répliqua joyeusement Foster. Et je m'assurerai qu'il n'y parvienne pas.

Elle afficha un rictus.

— Je vais m'asseoir ici. Vous avez tous quelque chose d'utile à faire, je suppose.

À côté d'elle, Saul marmonna :

— Te garder en vie et en bonne santé est utile.

Elle lui lança un coup d'œil.

— Va accomplir tes actes héroïques.

Sur ces mots, Foster gloussa, tandis que Saul jetait un regard noir. Elle le dévisagea avec surprise.

— Qu'ai-je dit ?

— Rien, grommela-t-il.

Il lança un regard sévère à Foster.

— Pas vrai, Foster ?

Mais Foster riait trop fort. Elle haussa les épaules.

— Je suis contente de vous amuser, mais qu'en est-il de

l'intrus ?

Saul tendit la main et tapota l'écran.

— Le voilà.

En effet, une silhouette vêtue de noir se faufilait le long de la maison d'hôtes.

— Je ne sais même pas où se trouve ce bâtiment, admit-elle.

— C'est ma maison, expliqua Foster avec une pointe d'indignation.

— Oh, mon Dieu ! s'écria-t-elle. Ce n'est pas bon.

L'intrus passa devant le domicile de Foster et se dirigea vers la maison principale. Pendant qu'elle observait la scène, un deuxième gars apparut, dont le bras s'étendit et toucha la gorge de l'inconnu. Et alors, celui-ci tomba.

— Oh, mon Dieu ! C'est l'un des nôtres ?

Puis elle reconnut la silhouette et grimaça.

— Bien sûr que c'est Stone. Impossible qu'il en soit autrement.

À l'intérieur, elle était ravie. Non seulement la réaction avait été très rapide, mais ils avaient également capturé le visiteur. Cependant, une autre pensée lui vint à l'esprit.

— Pensez-vous qu'il y ait un deuxième homme ?

Saul répondit :

— Presque certainement. Ils ne viennent jamais seuls pour une mission comme celle-ci. Je suppose que tu sais pourquoi ils sont là ?

Elle secoua la tête.

— La seule chose qui a changé, c'est toi. Ils sont là pour toi.

Elle le considéra avec horreur.

— Mais je ne suis personne.

— Au contraire, tu es la personne qui avait la clé USB.

C'est toi qui as été à l'origine de la recherche de Tammy.

Elle branla le chef.

— Ce n'est pas bon. Je ne voulais pas être mêlée à toute cette histoire.

Elle se rassit, un peu abasourdie par le fait que tout cela tournait autour d'elle.

— Il faut se concentrer sur Tammy, annonça-t-elle. Cela n'a rien à voir avec moi.

— Et s'il y avait plus d'informations que celles contenues sur la clé USB, et qu'ils pensaient que tu pourrais avoir une copie ou une deuxième clé ?

Elle secoua la tête.

— Bien sûr que non. J'ignorais tout de cette première clé, alors comment pourrais-je savoir quoi que ce soit à propos d'une deuxième clé ?

Foster pivota vers elle.

— Il n'y a aucune chance que deux parties différentes soient impliquées dans cette affaire ? Et que la clé ait été remise à l'une d'entre elles alors que l'autre l'ignore ou pense que vous en avez gardé une copie ?

Sa mâchoire se décrocha.

— C'est beaucoup trop compliqué. Pourquoi une deuxième partie serait-elle impliquée ?

— Et si quelqu'un vendait des renseignements au plus offrant ? suggéra Saul. Il pourrait y avoir de nombreuses parties intéressées.

Les mots de Saul la frappèrent en plein cœur.

— Si c'était le cas, ce serait Samantha. Tammy n'aurait rien à voir avec ça. Et je dis bien, rien.

Les hommes acquiescèrent.

— Nous comprenons. Ce n'est pas pour autant que c'est la vérité. Quelque chose se trame, et c'est difficile, car nous n'avons pas les bons interlocuteurs. Nous avons besoin de Daniel et de Tammy.

À ce moment-là, Rebel aperçut un mouvement du coin de l'œil. Haletante, elle pointa du doigt.

— Regardez !

En effet, un deuxième homme vêtu de noir se trouvait dans la cuisine. Elle se leva d'un bond.

— Il est à l'intérieur de la maison, s'écria-t-elle.

— Garde-la ici, ordonna Saul en glissant hors de la salle de contrôle.

Elle ne savait pas où étaient Dakota et Merk ni si quelqu'un était en mesure de communiquer avec eux. Saul ne devait pas affronter seul cet individu. Elle se dirigea vers la porte derrière lui.

La voix de Foster résonna dans la petite pièce.

— Il s'en sortira très bien sans toi.

— Et si ce type n'était pas seul ? Et s'il y avait plus d'un homme dans la cuisine ?

Foster s'inclina en avant pour examiner les moniteurs.

— Pour l'instant, il n'y en a qu'un.

— Pouvez-vous dire si les autres sont à proximité ?

Il lui montra différents écrans. Stone et Merk se tenaient au-dessus du premier intrus, toujours inconscient. Stone se pencha, lui saisit un bras, Merk attrapa l'autre, et ils traînèrent l'individu vers la maison.

— Où est Dakota ?

— Il est à l'autre bout de la propriété.

— Donc, Saul est tout seul.

Il lui jeta un coup d'œil.

— Saul se débrouillera très bien.

Elle se mordit la lèvre inférieure.

— J'ai suivi une formation d'autodéfense.

— Mais savez-vous éviter les balles ?

Il tapota l'écran pour lui montrer que l'intrus était armé.

— Oh, mon Dieu !

Elle se précipita vers la porte, l'ouvrit et courut après Saul. Elle essaya de suivre ses pas, mais se retrouva face à plusieurs couloirs et escaliers. Au moment où elle arriva à la cuisine, celle-ci était vide. Elle avait conscience qu'elle avait commis une erreur. Dans son souffle, elle jura.

— Merde !

Connaissant l'emplacement des caméras pour que Foster soit en mesure de la surveiller, elle entra dans la cuisine et se mit à préparer du café. Elle pensa qu'une tâche aussi banale attirerait l'intrus vers elle, et que Saul ou quiconque la surveillait interviendrait alors. Le problème était que ses mains tremblaient. Lorsqu'elle alluma enfin la cafetière, elle se retourna et s'appuya contre le comptoir.

C'est alors qu'elle vit un homme vêtu de noir, un pistolet pointé sur sa tête. Elle retint son souffle. Et le fixa intensément des yeux. Ce n'était pas ainsi qu'elle avait envisagé sa matinée.

SAUL SE GLISSA dans la salle à manger tandis que l'intrus se dirigeait vers la cuisine. Il décida de faire le tour. Reprenant le chemin par lequel il était venu, il prit une autre direction et arriva au fond de la salle à manger. Il entendit des pas légers, des pas qui ne pouvaient appartenir qu'à Rebel. Elle était censée rester avec Foster. Que diable fichait-elle ici ? Tout aussi soudainement, il perçut du mouvement dans la cuisine et secoua la tête. Du café. Il s'approcha, sachant que les bruits attireraient certainement le visiteur.

— Te voilà, salope.

Les mots le frappèrent comme un coup de poing. Il se faufila jusqu'à l'entrée latérale et vit l'homme debout, son arme braquée sur Rebel. Sa prise blanche révélait la tension qu'elle refusait par ailleurs de montrer à l'homme armé.

— Qu'est-ce que vous voulez ? demanda-t-elle. Ce n'est pas votre maison. Nous avons remis la clé USB, et nous étions censés récupérer Tammy et Daniel.

— Ce n'était pas possible, car ils ne les ont pas.

Saul la regarda se redresser, incrédule.

— Alors que moi, oui, ajouta le type.

— Pourquoi devrais-je vous croire ?

— J'en ai rien à foutre que tu me croies ou non.

— Où sont Tammy et Daniel ?

— Je les ai.

— Vous les avez torturés comme l'autre connard a torturé Samantha ?

Son regard était direct, et même si Saul souhaitait qu'elle ne plonge pas la tête la première dans les ennuis, il devait admettre qu'elle était courageuse et tenace.

— Mais Samantha méritait ce qui lui est arrivé. Elle a vendu les données qu'elle avait dérobées à Daniel, mais quelqu'un d'autre a eu vent de l'affaire. Ils m'ont engagé pour servir d'intermédiaire et la convaincre de me les céder, à moi. C'est donc une voleuse et une traître.

— Mais pourquoi ? Pourquoi le premier acheteur voulait-il ces informations, et pourquoi cela vous intéresse-t-il ?

— D'après Samantha, l'autre acquéreur cherchait des moyens de chantage pour obtenir des concessions. Alors que la société à laquelle je vends veut faire exploser ses parts de marché et faire pression sur votre entreprise pour qu'elle soit rachetée à un prix beaucoup plus bas.

— Et quelle est la place de Tammy dans tout ça ?

— Cette salope a compris ce qui se passait, donc elle a dérobé une copie des infos et des preuves de l'implication de Samantha pour les remettre au chef de l'entreprise.

— Elle aurait dû en parler à la police.

L'homme haussa les épaules.

— Peu importe ce qu'elle aurait dû faire. Elle ne peut plus agir désormais.

— Alors, que voulez-vous de moi ?

— J'ai besoin d'une copie des données de Tammy. Sinon, je ne pourrai pas toucher mes honoraires.

Rebel le dévisagea et secoua la tête.

— La seule clé que j'ai trouvée a été remise à l'autre gars dans l'espoir de libérer Tammy. Et nous avons récupéré Samantha à la place. Mais maintenant, vous me demandez une copie en échange de Tammy et Daniel ?

Elle tendit les mains et les écarta.

— Où diable voulez-vous que je trouve une copie de ces informations ? Si elle existe, ce dont je doute.

— Elle existe. Ces informaticiens ne font jamais une seule copie. Ils en réalisent toujours une autre. Et je la veux.

— Est-ce que ça vaut la peine de tuer pour ça ?

— Je n'ai tué personne.

Saul observa le soulagement sur le visage de Rebel.

— Tammy est toujours en vie ?

Il acquiesça.

— Mais ça ne va pas bien se terminer si je n'obtiens pas rapidement cette copie de sauvegarde.

Elle secoua la tête.

— Je ne suis pas intéressée par un quelconque marché tant que je n'ai pas récupéré Tammy. J'ai déjà payé le prix initial, et tout ce que j'ai obtenu, c'est une superviseuse informatique morte.

— Comment ça, morte ?

Saul regarda Rebel opiner lentement du chef.

— Samantha était vivante quand je l'ai trouvée. Mais elle est décédée en quelques minutes. Le connard qui l'a battue à mort est aussi responsable du meurtre d'un sans-abri, puis il a exécuté deux de ses propres hommes.

— Très intéressant.

L'intrus réfléchit un instant, puis haussa les épaules.

— Je suppose que tout le monde a un prix.

Soudain, le type armé recula dans l'ombre. Saul se glissa plus loin.

— Dis-moi qui est là.

Le tireur déplaça son flingue et ordonna :

— Maintenant.

Elle soupira et dit :

— J'ignore qui est là.

Saul entra dans la cuisine avec désinvolture. Lorsqu'elle le considéra avec stupeur, il haussa les épaules. L'intrus se retourna, l'arme pointée sur eux deux.

— Où se trouve la copie des documents que vous avez remis ?

— Dans mon ordinateur portable, déclara Saul.

— J'ai besoin d'une copie.

Saul pencha la tête, le regard fixé sur les yeux de l'inconnu.

— C'est possible. Mais il me faut mon ordinateur et un support sur lequel enregistrer les données.

L'homme armé fouilla dans sa poche et en sortit une clé USB.

— Mets-les là-dessus.

Saul branla le chef.

— Je ne ferai rien tant qu'un flingue sera braqué sur elle.

L'arme se déplaça vers lui. Saul se tourna vers Rebel et lui dit :

— Va chercher mon ordinateur portable. Il est sur mon lit, chérie.

Elle ouvrit la bouche pour protester quand l'arme se déplaça dans sa direction, et le type en noir lâcha :

— Maintenant, ou je le tue.

— Je croyais que tu n'aimais pas tuer ?

Elle jeta un œil au tireur, ce qui fit sourire Saul.

— Comme il y a déjà des cadavres, je peux nier toute responsabilité dans un meurtre.

Elle lança un regard fermé, pivota et sortit de la cuisine. Saul sourit lorsqu'il remarqua qu'elle n'avait pas l'air d'une victime. Elle était furieuse.

Elle monta à l'étage et, quelques minutes plus tard, elle redescendit avec l'ordinateur portable. Elle le posa sur la table de la cuisine, l'ouvrit et l'alluma, puis recula.

Saul s'approcha, inséra la clé USB, accéda rapidement aux informations que Merk avait envoyées en copie à tout le monde et les dupliqua. Lorsqu'il eut terminé, il retira la clé et la tendit au tireur. Au moment où il allait la prendre, Rebel s'avança.

— Non, attendez.

Saul se retourna pour la considérer.

— Pas sans avoir récupéré Tammy d'abord.

Le tireur arma le pistolet et le pointa sur la tête de Saul.

— C'est moi qui donne les ordres.

Elle le dévisagea.

— Et j'ai été trompée. Vous donnez l'ordre de les relâcher tous les deux, et je veux qu'ils reviennent ici.

— Ou je vous bute tous les deux, je prends les informations et je m'enfuis.

— Qu'est-ce qui vous fait croire que vous arriverez à vous enfuir ? le railla-t-elle. Vous n'obtiendrez rien si je n'obtiens pas tout. Nous avons besoin de deux otages, vous voulez les informations. C'est un échange simple. Vous devez avoir quelqu'un qui les surveille. Vous les faites amener tout de suite à l'entrée. Nous vous raccompagnons. Vous avez la clé. Nous avons nos amis.

Il lui lança un regard frustré.

— C'est moi qui ai l'arme, donc, tu vois, ça me donne le dessus.

Elle arracha la clé des mains de Saul.

— Et maintenant, j'ai la clé USB, donc si vous avez l'intention de nous tirer dessus tous les deux maintenant, faites-le vite avant que je ne vous défonce les os du nez jusqu'au cerveau. Ou vous pouvez conclure un marché.

Il la dévisagea avec frustration.

— Tu ne comprends pas comment ça marche, salope.

Elle eut un sourire féroce.

— Non, je n'ai pas appris à bien jouer la terroriste. J'ai aussi raté le cours d'enlèvement. Mais je peux vous dire une chose, je maîtrise les arts martiaux. Et je vais vous pousser le cerveau à l'arrière du crâne en utilisant votre nez. Alors, dites-moi tout de suite si vous êtes partant pour cet accord.

Son ton était si féroce que Saul le reconnut à peine.

— Sors ton putain de téléphone et passe l'appel.

Comme il ne bougeait pas, elle hurla :

— Maintenant !

— Tu crois vraiment que tu es capable de me donner un coup de pied plus vite que je ne peux te tirer dessus ?

— La balle parviendrait à me stopper.

Elle n'était pas seule, Saul avait lui aussi de sacrés talents.

— Ce que je peux garantir, c'est qu'à nous deux, vous ne

sortirez jamais de cette maison.

Elle fit des pas lents, creusant l'écart entre elle et Saul.

Il sortit son téléphone et passa un coup de fil rapide sommant de laisser les deux otages devant le 427 Remington Park.

— Je vous retrouve devant.

Puis il se tourna vers elle.

— C'est fait.

Elle acquiesça.

— J'espère que c'était un vrai appel. Le compte à rebours de votre vie commence maintenant.

Saul aurait aimé lui attraper la main, mais la distance qui les séparait l'en empêchait. Au lieu de cela, il lui parla doucement.

— Ça va aller. Vas-y doucement.

Le tireur grogna.

— Tu es complètement inconscient de l'avoir dans ta vie. Comment peux-tu croire qu'elle ne te tuera pas ?

Rebel rit. Saul sourit.

— J'ai pleinement confiance en elle.

L'intrus haussa les épaules.

— Vous vous assurez que les autres restent à l'écart. Je ne sais pas qui d'autre est ici, mais faisons simple, pas d'effusion de sang. C'est vous qui en êtes arrivés là.

— Nous ? gronda Rebel. Non, c'est toi et l'autre trou du cul égoïste et lâche, qui se cache derrière des armes et des menaces, qui avez fait ça.

Puis elle se mit à s'esclaffer, comme une folle. Même avec une cagoule, le tireur ne parvenait pas à cacher la peur dans ses yeux. Saul était presque sûr que c'était le plan de Rebel. Elle s'arrêta brusquement, au milieu de son rire.

— On va en finir, c'est sûr.

L'homme armé recula, agitant son arme vers elle, Saul, et de nouveau vers elle.

— Nos flingues sont braqués sur vous depuis le moment où vous êtes entré dans cette cuisine, déclara Saul.

Sur ces mots, Dakota, Merk et Stone entrèrent dans la pièce. L'individu jeta un coup d'œil aux armes pointées vers lui, puis fixa Rebel des yeux et s'écria :

— C'est donc de là que vient ta bravade.

Il abaissa lentement son pistolet. Elle approcha le visage du sien.

— Tu as tout compris.

Le tireur recula et lança un regard à Saul.

— C'est une salope complètement folle. Si tu es prêt à faire un tour du côté sauvage, c'est ton problème, mon pote. Mais je préfère me réveiller le matin et sourire à ma femme, plutôt que de vérifier si elle est prête à me tuer.

— Je ne m'inquiéterai jamais d'une telle chose avec elle.

Saul passa le bras autour des épaules de Rebel pour s'assurer qu'elle n'aille pas plus loin. Il y avait un temps pour être fougueux et un temps pour être modéré. À ce moment-là, les choses évoluaient rapidement. Il n'aimerait pas qu'elle se retrouve au milieu d'une fusillade. Avec tous les autres qui encerclaient le tireur, les rôles avaient été inversés.

— Vous devez me laisser partir, leur intima le visiteur.

L'arme pendait inutilement entre ses doigts. Personne ne bougea pour s'en emparer.

— Pourquoi ? demanda Merk derrière lui.

— Parce que sinon vos amis ne s'en sortiront pas. Ils arriveront peut-être jusqu'à la porte, mais si je ne suis pas là, ils ne les y déposeront pas.

— C'est facile. Nous allons te déplacer jusqu'à la porte pour eux, répliqua Dakota. Nous n'oublierons pas comment tu es entré dans la maison d'un de nos amis avec un flingue, en le brandissant, en donnant des ordres, en proférant des menaces. De plus, vous avez kidnappé deux de nos amis, ce qui n'est pas seulement un acte de guerre, mais quelque chose que nous ne pardonnerons pas facilement. Et maintenant, tu es là, à faire comme si tu étais le chef ?

L'homme armé jeta un coup d'œil à Dakota et grogna.

— C'est celui qui tient l'arme qui est le chef.

— Les armes ne sont pas la panacée, rétorqua Rebel. Et en ce moment, il y a beaucoup de chefs dans cette cuisine, et tu n'en fais pas partie.

Il lui lança un regard de dégoût total.

— Tu dois prendre garde à tes propos.

— Et tu dois prendre garde à ce que mon pied n'entre pas en contact avec ton nez.

Il recula comme si elle avait établi un contact physique. Elle sourit, le menton relevé. Pour une raison ou pour une autre, Saul trouva cela incroyablement mignon. Il la rapprocha et lui déposa un baiser sur la tempe. Elle se retourna et lui jeta un regard complètement choqué. Il ricana.

— Je n'ai pas pu résister.

Elle secoua la tête et murmura :

— Tu es fou.

Le tireur branla le chef.

— C'est un vrai taré s'il s'intéresse à toi.

Elle pivota pour le dévisager, mais Saul la garda serrée contre lui.

— Je suggère que nous sortions faire la fête dehors. Je n'aimerais pas que quelqu'un tire sur la maison de Richard.

— Nous devons aussi récupérer les otages, s'il y a une chance qu'ils viennent, insista Rebel.

Stone s'avança et donna un coup de coude au tireur. En

même temps, il lui dégagea le pistolet des doigts.

— Dehors, lui intima-t-il d'un ton sec.

Le type marcha silencieusement. Tant d'hommes avaient leurs flingues braqués sur lui qu'il aurait été idiot de tenter quoi que ce soit.

Cependant, Saul n'avait pas confiance en lui. Il n'était pas allé aussi loin dans la vie sans avoir quelques tours dans son sac. Ce qu'il ne savait pas, c'était si d'autres types armés se trouvaient à l'extérieur. Les hommes s'échangèrent des regards appuyés. Ils se séparèrent, deux d'entre eux conduisant l'intrus jusqu'à la porte. Foster, comme s'il comprenait ce qui se passait, ouvrit la porte depuis la salle de contrôle. Saul souhaitait lui renvoyer Rebel, mais il avait conscience qu'elle ne le permettrait jamais. Il resta le plus en arrière possible, bien accroché à elle, gardant un œil sur tout ce qui se déroulait autour de lui, son regard cherchant des menaces cachées. Il l'entraîna lentement vers l'avant. Elle essaya de se dégager de sa prise, mais il resserra le bras autour de ses épaules et lui dit :

— Attends. Nous ne savons pas s'il est seul.

Elle se figea. Ses yeux se portèrent dans toutes les directions.

— Nous y arriverons. C'est une question de timing. Je ne veux pas qu'il atteigne la porte avant que le véhicule n'arrive avec les otages.

Elle acquiesça. Mais il ne relâcha pas sa prise. Elle était trop impulsive pour comprendre à quel point cet échange était délicat. Tout était susceptible de mal tourner, ils périraient alors tous les cinq, et le tireur, lui, se moquerait d'eux. Ce n'était pas ainsi que les choses devaient se dérouler. Tandis que Stone et Merk poussaient l'intrus vers l'avant, une voiture s'engagea dans la longue allée. Celle-ci longeait un chemin privé qui bifurquait ensuite pour devenir une longue allée menant à la résidence fermée. Lorsque le véhicule se rapprocha, Merk fit un pas de côté et disparut dans l'ombre. Stone se tenait juste à côté de l'inconnu, son arme hors de vue.

Le véhicule s'ouvrit. Deux types en descendirent. Ils ouvrirent les portières arrière et sortirent deux personnes. Entendant le souffle de Rebel à côté de lui, Saul plaqua une main sur la bouche de la jeune femme.

— Chut.

Elle hocha la tête frénétiquement, mais elle essaya quand même de se libérer de son emprise. Il ne voulait pas la lâcher. Il était pourtant bien difficile de la retenir. Dans un murmure dur, il dit :

— Non.

Elle s'immobilisa et lui lança un regard de dégoût. Il grimaça. Mais il ne voulait pas lâcher prise. Les otages tombèrent au sol, tous deux inconscients. Le tireur fit un pas en avant, s'adressant à ses hommes.

— Nous partons maintenant.

— Et ton pote ? demanda-t-elle avec amertume. Je suppose que tu n'as pas de problème à laisser un homme derrière toi.

Il l'ignora, se dirigeant vers le véhicule, la clé USB en main. Il se glissa sur le siège arrière, ils montèrent à l'avant du véhicule et partirent.

Chapitre 15

— POURQUOI N'AVONS-NOUS pas d'abord confirmé qu'il s'agissait bien de Tammy et Daniel ? Pourquoi ne les avons-nous pas empêchés de partir ? s'écria Rebel.

Elle se précipita en avant pour voir les victimes sur le sol. La première était Daniel et la seconde, oui, Tammy. Elle se laissa tomber aux côtés de son amie et détacha rapidement le bâillon qui lui enserrait la bouche. Elle vérifia le pouls de la femme inconsciente.

— Elle est toujours vivante. Il nous faut une ambulance.

Au moment où les mots s'échappèrent de sa bouche, elle entendit des coups de feu. Elle se leva d'un bond et vit une sorte d'affrontement au bout de l'allée.

— Qu'est-ce qui se passe ?

— La police. Ils attendaient en bas le véhicule du kidnappeur. Ils ont reçu l'ordre de les laisser entrer, mais de les arrêter à la sortie.

Elle se tourna vers Saul.

— Qui leur a dit de faire ça ?

— C'est moi, lança Foster avec dignité.

Il s'approcha de Daniel, l'ausculta, puis alla voir Tammy.

— Personne n'entre chez moi avec une arme à moins que je ne le permette.

— Chez vous ? répéta Rebel.

— Richard est mon employeur, et cette maison est sous

ma responsabilité.

Son ton indiquait qu'il était presque insulté.

— Je suis désolée, souffla Rebel. Je ne voulais pas vous offenser.

— Je m'occupe de Richard depuis très longtemps. Et cela s'étend à sa propriété.

Après un examen rapide de Tammy, il déclara :

— Elle semble droguée.

Rebel regarda son amie, voyant les marques de frottement dues à son ligotage et le sang séché sur ses doigts, ainsi que les ecchymoses sur ses bras et son visage. Elle lui tint la main contre sa poitrine et murmura :

— Tammy, réveille-toi, s'il te plaît. Tammy, réveille-toi.

Mais il n'y eut aucun signe de conscience, même si sa poitrine se soulevait et s'abaissait régulièrement.

— Je suppose qu'en les droguant, ils n'ont pas eu à s'inquiéter qu'ils causent des problèmes.

— Exactement.

Les vêtements de Tammy étaient clairement souillés, déchirés, et maculés de sang, mais elle ne paraissait pas avoir subi la même violence physique que Samantha. Et Rebel en était reconnaissante. Au loin, le hurlement des sirènes des véhicules d'urgence résonnait. Elle attendait avec impatience l'arrivée de l'ambulance. L'un des secouristes se précipita vers les victimes tandis que l'autre déployait un brancard.

Saul et Dakota se dirigèrent vers l'ambulance et sortirent le deuxième brancard. Avec précaution, Daniel fut installé à l'intérieur du véhicule, suivi de Tammy.

Rebel monta à l'arrière de l'ambulance aux côtés de Tammy. Elle jeta un regard à Saul, qui se tenait dans l'encadrement de la porte.

— Je n'ai pas mon sac à main.

Il lui fit signe de sortir.

— Nous allons t'habiller et suivre l'ambulance jusqu'à l'hôpital.

C'est à ce moment-là qu'elle réalisa qu'elle portait un t-shirt trop grand, une culotte et un peignoir, dévoilant ses jambes nues. Elle ne ressentait toutefois pas le froid.

— Oh, mon Dieu !

Elle accepta l'aide pour descendre du véhicule de secours et se tint dans ses bras pendant que l'ambulance démarrait avec sa précieuse cargaison. Elle n'avait pas remarqué que, pendant la présence de celle-ci, deux voitures de police s'étaient jointes à la scène. À la vue du premier agent, elle s'écria :

— Avez-vous attrapé le véhicule et les tireurs ?

Il acquiesça.

— Le conducteur et les passagers. Trois hommes ont été arrêtés et placés en garde à vue. Ils ne sont pas très contents.

Foster prit la parole.

— J'ai de nombreuses preuves vidéo montrant que les intrus pénètrent dans une propriété privée, l'un d'eux entrant dans la maison principale et menaçant mes invités avec une arme, et le véhicule qu'ils ont appelé pour les récupérer déposant les deux otages inconscients qui viennent d'être emmenés.

Le policier opina du chef.

— C'est une bonne nouvelle. Nous aimerions des copies de toutes ces vidéos, s'il vous plaît.

Foster, enveloppé dans une robe de chambre, acquiesça.

— Je peux m'en occuper maintenant.

Il se tourna vers l'un des agents.

— Venez avec moi.

Les deux hommes entrèrent, et Rebel réalisa que, même

en ces moments de crise, Foster restait digne et calme. Il avait mieux géré la situation qu'elle. C'était un soulagement de savoir que Tammy était en sécurité et que les criminels étaient derrière les barreaux.

Maintenant que l'excitation était passée, elle se rendit compte qu'elle avait froid, qu'elle était fatiguée, et qu'il lui était difficile de rester debout. Les gars avaient raison – elle devait prendre soin d'elle pour être en mesure d'aider Tammy. Maintenant que son amie était en sécurité, Rebel pourrait peut-être prendre quelques heures pour elle.

— Saul, je peux retourner me coucher ?

Il la regarda avec surprise.

— Tu vas réussir à dormir ?

Elle secoua la tête.

— Je ne sais pas, mais je suis épuisée, comme si toute l'adrénaline avait quitté mon corps d'un seul coup, avoua-t-elle. Je n'ai pas envie d'être ici. Je veux être avec Tammy. Mais tu as raison. Elle est inconsciente, et je suis dans un sale état. Si je peux gagner quelques heures, les médecins l'auront examinée, et je pourrai peut-être être avec elle. Je ne suis pas de la famille… alors…

— Vas-y, répondit-il en faisant un geste vers la maison derrière lui.

— Ça va aller, dit-elle avant d'adresser un signe aux policiers. Vous avez beaucoup de choses à gérer ici.

— Toi aussi, renchérit-il à voix basse. Tu dois aussi faire une déposition à la police.

Elle grimaça.

— Je devrais peut-être commencer par ça.

Mais elle avait vraiment envie de dormir.

— Je n'ai rien à ajouter à vos propos.

C'est alors qu'un des policiers s'approcha. Il avait plus

d'une question à poser. Comprenant qu'elle devait corroborer leurs déclarations pour que les choses soient claires et simples, elle répondit aussi rapidement que possible. Lorsqu'elle commença à s'éloigner, elle déclara :

— Si ça ne vous dérange pas, j'ai besoin de m'allonger.

Elle s'entoura la poitrine des bras.

— Et j'ai très froid.

L'agent acquiesça et prit ses coordonnées.

— Vous pourriez aussi bien vous adresser à l'inspecteur Wilson. Il est déjà au courant de tout. C'est à lui que j'ai parlé de la disparition de Tammy.

— Eh bien, c'est bon de savoir que vous ne l'avez pas abandonnée.

Elle lui afficha un sourire brumeux.

— Tammy est une bonne amie à moi. Je n'abandonne personne que j'aime.

En adressant un sourire à Saul, elle pivota et retourna à la maison.

Dire qu'elle était frigorifiée était un euphémisme. Elle avait plus que froid désormais. Elle inclina la tête contre l'air frais du matin et entra.

Foster était là pour accueillir tout le monde, versant du café. Il la considéra d'un air sévère.

— Vous voulez d'abord du café ou une douche chaude ?

Ses dents commencèrent à claquer.

— Je dirais bien les deux, murmura-t-elle. Mais je ne pourrais pas le boire – ni le transporter en toute sécurité. Je vais prendre une douche chaude et me glisser dans le lit, si j'y arrive.

Il opina du chef et la regarda s'échapper. À l'étage, elle voulait vraiment éviter la douche et se blottir dans son lit. Pour une raison ou pour une autre, elle voulait aussi pleurer à chaudes larmes. Tammy avait été retrouvée, mais le soulagement de Rebel se perdait dans des vagues d'émotions – qui n'avaient absolument aucun sens.

Elle jeta les quelques vêtements qu'elle portait sur le sol de la salle de bains et entra sous l'eau chaude de la douche. Un nuage de chaleur envahit instantanément la pièce. Elle avait désespérément besoin de se réchauffer, mais le froid semblait être en elle. Et cela lui montrait à quel point tout était étrange. Il n'y avait aucune raison à cela désormais. Tammy était à l'hôpital – elle ne semblait pas avoir subi de graves blessures. Bien qu'elle ait été droguée, et c'était certainement un problème, Rebel avait bon espoir qu'elle s'en remette.

Elle avait réussi. Elle avait retrouvé son amie. Elle devrait être en train de rire, de se réjouir. Pas de pleurer.

Mais elle ignorait toujours ce qu'elle avait enduré pendant onze longs jours. Elle ne savait pas quel médicament avait été administré à Tammy, à quelle dose, pendant combien de temps ; et elle ne se sentirait pas rassurée tant qu'elle n'aurait pas eu l'occasion de discuter avec son amie. Saul avait raison, il faudrait du temps au personnel de l'hôpital pour évaluer ce que ces salauds avaient fait à Tammy. Et Rebel n'était pas de la famille, donc elle ne serait probablement pas autorisée à rester au chevet de sa meilleure amie.

Après être restée sous l'eau chaude aussi longtemps qu'elle s'en sentait capable, elle sortit de la douche et s'enveloppa d'une serviette. L'extérieur s'était réchauffé, mais pas l'intérieur. Elle échangea la serviette humide contre son peignoir, s'essuya rapidement les cheveux et jeta la serviette sur le carrelage, puis se dirigea vers le lit. Toujours enveloppée dans son peignoir, elle se glissa sous les couvertures.

Au moment où elle s'installait, on frappa à sa porte.

— Entrez.

Ses dents recommencèrent à claquer.

Saul passa la tête par l'embrasure. Son regard se posa sur son visage avec inquiétude.

— Tu n'as pas l'air en forme.

Il entra et lui apporta une tasse de café chaud. Elle frissonna.

— J'ai pris une douche chaude. Je ne sais pas pourquoi je tremble encore autant.

— C'est le choc, dit-il. Tu as vécu onze jours terribles. Maintenant que nous avons retrouvé ton amie, ton corps proteste.

Elle frémit et se blottit plus profondément dans les couvertures. Il posa la tasse de café, se dirigea vers l'autre côté du lit et s'allongea dessus avant de l'attirer contre lui. Il se contenta de la serrer dans ses bras.

— N'oublie pas qu'elle va bien maintenant. Nous l'avons trouvée et, grâce à toi, elle n'a pas été oubliée.

— Mais j'étais si près de ne pas la revoir, murmura-t-elle. Je vais faire des cauchemars sur ce que…

— Je sais ce que tu ressens. Mais tu as fait tout ce que tu pouvais. Tu dois te rappeler que nous l'avons trouvée. Dès qu'elle se réveillera et que les médecins l'auront examinée, tu seras autorisée à lui rendre visite. Ce n'est pas la peine de rester à l'hôpital, de souffrir physiquement et émotionnellement, si tu ne peux pas être à ses côtés.

— Je comprends, c'est pourquoi je suis ici, au lit. Mais je n'arrive pas à me réchauffer.

Il l'attira fermement contre lui et s'enroula autour d'elle.

— Attends un peu. La chaleur ne devrait pas tarder à se faire sentir. Si tu veux du café, il te réchauffera rapidement.

Foster a mis du whisky dedans.

Elle émit un rire confus.

— Je ne supporte pas le whisky.

— Je pense que c'est à des fins médicales, pas pour le plaisir.

— Dans ce cas…

Il l'aida à se redresser légèrement et lui tendit le café. Il était juste tiède. Elle avala plusieurs gorgées et grimaça.

— C'est toujours aussi dégoûtant.

Il replaça la tasse sur la table de nuit, et elle se recroquevilla de nouveau dans le lit. Il l'entoura de ses bras. Au moins, elle se sentait beaucoup mieux.

— Tu crois qu'elle va s'en sortir ?

— D'après les ambulanciers, il n'y a aucune raison qu'elle ne se rétablisse pas complètement, mais nous ignorons quels types de drogues ont été utilisés. Et c'est ce qui fera toute la différence dans la durée de sa convalescence.

— J'ai tellement peur qu'après tout ce qu'elle a traversé elle ne s'en sorte pas.

— N'oublie pas de garder espoir. Nous l'avons trouvée contre toute attente il y a quelques heures.

Elle acquiesça.

— C'est tellement effrayant.

— Repose-toi, recroqueville-toi, reste au chaud et dors.

Lentement, les tremblements cessèrent, et elle respira plus facilement. En même temps, ses pensées allaient et venaient. Alors qu'il se déplaçait et tentait de se retirer, elle lui prit la main et le serra contre elle.

— Reste, s'il te plaît.

Il s'installa sur le lit à côté d'elle et l'étreignit contre sa poitrine.

— Dors. Je ne vais nulle part.

Elle recula la tête suffisamment pour le regarder dans les yeux. Il sourit, lui déposa un baiser sur le nez et dit :

— Je te le promets.

Et elle sut qu'elle pouvait lui faire confiance. Il y avait quelque chose chez ces hommes. Ils étaient tous bons et honorables. Ils n'auraient laissé personne derrière eux. Même maintenant.

Elle ferma les yeux et s'endormit.

SAUL SE DÉTENDIT et serra Rebel contre lui. Elle portait bien son nom. Elle était un mélange de fougue et de loyauté, avec un peu de nervosité, et il avait conscience qu'il aurait besoin de beaucoup de temps pour comprendre vraiment qui elle était à l'intérieur. Il voulait vraiment avoir cette chance.

Mauvais timing pour son déménagement au Texas. Même s'il pouvait demander toutes les missions que la Californie offrait, il passerait la majeure partie de l'année loin d'elle. Et ce n'était pas une façon de construire une relation. C'était l'une des raisons pour lesquelles il avait évité de s'attacher de façon permanente lorsqu'il était dans l'armée. C'était vraiment difficile. Il ne s'était jamais marié, ne s'était jamais approché de l'autel. Il avait vu toutes les liaisons de ses amis s'effondrer au fil des ans, ses camarades tomber en morceaux lorsque leurs mariages éclataient et qu'ils perdaient la trace de leurs enfants. Il s'était juré de ne jamais faire cela. Ce n'était pas la façon dont il voulait que sa vie se déroule.

Puis il avait quitté l'armée et rejoint le groupe de Levi. Cela lui avait permis de découvrir un tout autre type de relations amoureuses stables qu'il n'aurait jamais pu imaginer auparavant. Mais cela ne signifiait pas qu'il était prêt à en avoir une. Cependant, comme dans le cas de Harrison, l'amour venait de le frapper à la tête.

Il caressa doucement le bras de Rebel qui dormait contre son torse. Ce n'était pas ce à quoi il s'attendait en arrivant en Californie. Il entendit un léger coup sur la porte. La poignée tourna, et Dakota passa la tête.

— Te voilà.

— Elle n'arrivait pas à dormir.

Dakota acquiesça.

— Nous avons une réunion dans la cuisine. Je vais dire aux gars que tu seras là dans un moment.

Saul opina du chef.

— Donne-moi quelques minutes pour m'assurer qu'elle est endormie. Elle a besoin de sommeil avant tout.

Dakota hocha la tête et se retira lentement. Saul resta allongé, sachant qu'il profitait d'instants volés. Il ne savait pas s'il pourrait de nouveau s'allonger ici et la serrer contre lui. Elle était très spéciale. En même temps, il avait une responsabilité envers les hommes en bas. Ils étaient venus chercher Daniel, ils l'avaient trouvé. Pour ce que Saul en savait, il allait être renvoyé au Texas. Et ce moment serait terminé. Il ne se reproduirait peut-être plus jamais. Il grimaça à cette idée. Elle murmura contre son cou :

— Saul ?

Il tendit doucement la main et lui effleura la joue.

— Oui, c'est moi.

Un léger soupir s'échappa de ses lèvres, et elle sombra de nouveau dans le sommeil.

Il attendit quelques instants pour voir si elle dormait profondément, puis il se déplaça légèrement pour s'éloigner d'elle. Elle murmura une protestation, mais roula de l'autre côté et se mit en boule. Détestant cette idée, mais n'ayant pas le choix, il se glissa hors du lit. En lui jetant un dernier regard, il se retira lentement de la chambre et referma doucement la porte derrière lui. Il se dirigea vers la cuisine.

Les gars étaient tous autour de la table. Il avança vers la cafetière, se servit une tasse et les rejoignit.

— Comment va-t-elle ? demanda Foster. Elle est arrivée toute tremblante.

Saul confirma.

— Elle est plutôt secouée. Elle s'est finalement endormie. Je pense que le contrecoup est la preuve de ce qu'elle a vécu ces onze derniers jours. La réalité vient de la frapper.

— Et pourtant, nous avons trouvé Tammy, s'étonna Dakota.

— Et elle se demande ce qui se serait passé dans le cas contraire.

La compréhension traversa le visage de tout le monde. Ils étaient tous conscients de ce que cela signifiait. Chacun d'entre eux avait été confronté à des situations où il s'en était fallu de peu, où ils avaient eu tellement peur que, s'ils n'avaient pas fait une seule petite chose, l'issue aurait été différente – bien pire. En outre, ils avaient tous été dans des circonstances où ils n'avaient pas pu faire la petite chose qui aurait pu sauver une personne. Et ils avaient tous perdu quelqu'un. Les « et si » étaient des cauchemars.

— Quand elle se réveillera, je suppose qu'elle ira à l'hôpital ? demanda Merk. Nous avons des nouvelles. Daniel et Tammy sont toujours en observation. Ils ont tous les deux été lourdement sédatés – nous ignorons encore quelles drogues ont été employées. Nous savons qu'ils n'ont pas d'os cassés et qu'ils n'ont pas été battus comme Samantha l'a été.

— On peut supposer que les kidnappeurs étaient différents, extrapola Saul.

Il but une gorgée de café et s'assit. Une nuit sans sommeil n'était inhabituelle pour aucun d'entre eux. Mais il le ressentait lui-même. Il n'y avait rien qu'il aimerait plus que de monter à l'étage et de s'allonger pendant quelques heures. En consultant sa montre, il se rendit compte qu'il n'était que 4 h du matin et qu'il n'y avait rien à faire avant un bon moment. Ils dressèrent une liste rapide de ce qu'ils devaient effectuer, puis se séparèrent pour deux heures. Saul monta dans sa chambre, se déshabilla jusqu'au caleçon et s'allongea sur son lit. Deux heures de sommeil, c'était peu, mais il savait par expérience que c'était souvent tout ce qu'il aurait. Alors qu'il était étendu, les yeux fermés, il entendit un gémissement. Il réalisa que c'était Rebel, qui souffrait encore une fois dans ses rêves. Il se leva, sortit dans le couloir et entra dans sa chambre. Elle était recroquevillée en boule dans le lit, les larmes lui coulant sur les joues. Il se glissa sous les couvertures, l'entoura de ses bras et la serra contre lui. Elle se détendit et s'endormit profondément. Il sourit. Maintenant, il pouvait dormir lui aussi. Il s'assoupit et tomba dans les bras de Morphée, se réveillant de temps à autre lorsqu'elle refaisait surface. Il lui caressait alors le bras, le dos ou la joue, la calmant de nouveau jusqu'à ce qu'elle se rendorme.

Il se réveilla dans la lumière du matin pour la voir assise dans le lit, le regardant. Il sourit.

— Comment te sens-tu ?

— Vu qu'on a dormi ensemble, je me sens bien.

Cela lui arracha un rire.

— Ça te surprend ?

Elle sourit.

— Je m'attendais à me sentir plus que bien après avoir dormi avec toi.

— La seule excuse que je puisse te fournir, c'est que ça fait moins de deux heures que je suis là.

Il jeta un coup d'œil à sa montre et grogna.

— Nous sommes censés nous retrouver dans la cuisine à 7 h pour le petit-déjeuner, puis nous commencerons la journée, qui sera bien remplie.

Elle acquiesça.

— Vous partez maintenant que vous avez trouvé Daniel ?

— Oui. Nous rencontrons quelques hommes dans la matinée, puis nous prenons l'avion.

Elle grimaça.

— C'est dommage.

Elle l'étudia un long moment.

— J'aimerais passer plus de temps avec toi.

— Moi aussi.

— Alors, combien de temps nous reste-t-il ? demanda-t-elle avec un rictus malicieux.

Saul la dévisagea avec surprise.

— Pour quoi faire ?

Elle lui caressa le côté du visage.

— Ne sois pas bête.

Et elle le tira vers elle.

— Tu m'as embrassée plusieurs fois, chuchota-t-elle. Mais pas correctement.

Et elle le tira jusqu'au bout pour lui offrir un baiser brûlant, passionné et humide, qui fit monter sa tension artérielle en flèche. Il ne s'attendait pas à cela, mais avec son entraînement, il était prêt à tout. Il lui glissa les mains sous le corps, jusqu'à ses longs cheveux. Ses doigts glissèrent contre son cuir chevelu et lui tirèrent la tête vers l'arrière tandis qu'il se déplaçait sur elle, plaçant son érection instantanée là où il le souhaitait. Elle gloussa.

— Heureuse de voir que tu es prêt pour le travail.

Il sourit.

— Absolument.

Et il l'embrassa avec des baisers chauds, passionnés et nécessaires qu'aucun des deux ne pouvait nier. Il n'y avait pas de prélude à cela. Il n'y avait pas eu de préliminaires. C'était un besoin immédiat. C'était la chaleur qui frappait leurs systèmes, la foudre qui traversait, brûlait leurs entrailles tandis que les lèvres et les mains en demandaient plus.

Elle souleva les hanches contre lui et murmura :

— Maintenant.

Il recula, haletant.

— Pas encore.

Elle se pencha en avant et lui mordit l'épaule.

— Si.

Il gémit.

— Pas si vite. Je veux que ça dure.

— La prochaine fois. Nous ferons en sorte que cela dure la prochaine fois.

Elle le fit basculer sur le dos et se mit à califourchon sur lui. Elle retira rapidement le peignoir qu'elle portait, la laissant nue dans la lumière du petit matin, puis elle lui retira le caleçon des hanches et le jeta par terre. Sa main remonta vers ses seins dodus tandis qu'il regardait cette amazone glisser vers l'avant et s'appuyer sur ses bras à côté de sa poitrine avant de s'abaisser sur sa queue. Il ne parvenait plus à penser. Elle le chevaucha de plus en plus fort, de plus en plus vite, jusqu'à ce qu'il saisisse son bassin et s'enfonce en elle. Elle cria, son corps se cambrant vers l'arrière jusqu'à ce que ses hanches s'immobilisent.

— Non, geignit-il.

Et il se souleva avec force et lourdeur, s'enfonçant dans sa chaleur, s'élançant une fois de plus pour la transpercer aussi profondément que possible avant que son propre orgasme ne l'envahisse.

Elle frémit et s'effondra sur lui. Il s'affaissa d'épuisement, le souffle rauque et dur.

— Merde, Rebel. Tu veux me tuer ?

Elle gloussa.

— Pas encore, mais peut-être dans une heure.

Il jeta un coup d'œil à sa montre et réalisa qu'ils ne disposaient plus que de la moitié de ça, éventuellement un peu plus. Elle lui appuya ses avant-bras sur la poitrine et lui sourit.

— Prêt pour le deuxième round ?

Il roula des yeux, mais rien n'était en mesure de l'arrêter. Elle glissa le long de Saul, les lèvres et les mains occupées, séduisantes, enchevêtrées, caressantes, pincées en explorant son corps à sa guise. Il gémit, la maintenant en place, mais elle ne l'entendait pas de cette oreille. Elle murmura :

— Nous n'avons pas assez de temps. Je désire une nuit avec toi.

— Je désire des semaines avec toi, susurra-t-il. Peut-être même une vie entière.

Mais elle se tortillait, bougeait, glissait, l'embrassait, ses mains étaient partout, et il était difficile d'arrêter leur tourment. Son corps était parcouru de terminaisons nerveuses tandis qu'elle le caressait, le prenait dans les bras et le pressait. Lorsqu'il fut à bout, il l'attrapa, la plaqua sur le lit sous lui et la pénétra d'une seule poussée. Elle s'arrêta, lui sourit, enroula ses cuisses autour de ses hanches et dit :

— Maintenant.

Et il les conduisit tous les deux jusqu'à l'orgasme. Dix bonnes minutes plus tard, il releva la tête et s'effondra sur le côté. Elle émit un murmure de protestation, qu'il ignora.

— Je n'arrive pas à croire que je doive me lever et les affronter maintenant.

Elle ne put s'empêcher de le taquiner.

— Alors que moi, je n'y suis pas obligée. Je peux me lever et prendre une douche.

— Ce n'est pas juste, protesta-t-il.

Ils s'assirent et regardèrent l'heure, réalisant qu'il était en retard. Il se pencha vers elle, l'embrassa fougueusement et lui dit :

— Je dois m'habiller, et mes vêtements sont dans ma chambre.

Elle rit.

— Assure-toi que personne ne te voie.

Il roula des yeux, ouvrit la porte, se faufila hors de la chambre et, juste au moment où il se glissait dans sa suite, un craquement se fit entendre dans l'escalier. Il se retourna et vit Dakota qui se tenait là, un grand sourire aux lèvres. Saul roula des yeux, entra et claqua la porte un peu trop fort. Le rire de Dakota retentit dans le couloir. Bon sang, Rebel s'esclaffait aussi. Il prit une douche rapide, se rasa et s'habilla. À ce moment-là, il souriait comme un fou. La vie était vraiment belle.

Chapitre 16

REBEL ÉTAIT ASSISE à côté du lit d'hôpital. Tammy avait été transférée des soins intensifs à une chambre normale. Elle n'était plus sous l'effet des drogues et dormait maintenant naturellement. Les médecins avaient prévenu qu'il faudrait au moins un jour – si ce n'était deux – pour que le traitement au charbon extraie complètement les substances de son organisme. C'était une bonne nouvelle pour Rebel. La dernière chose qu'elle voulait, c'était penser que Tammy avait besoin de plusieurs semaines pour se remettre de son épreuve. Elle avait conscience que, psychologiquement, cela prendrait beaucoup plus de temps, et que Tammy aurait besoin d'une sorte d'accompagnement pour gérer le traumatisme de ce qu'elle avait vécu. Daniel était dans la même situation, même s'il avait été un peu plus malmené. Il avait l'air d'avoir résisté d'une manière ou d'une autre, car il avait quelques côtes cassées. Rebel n'était pas encore allée le voir. Elle espérait que Tammy se réveillerait, et elle voulait être assise à côté d'elle quand cela arriverait. Sachant que sa meilleure amie finirait par s'en sortir, Rebel s'installa dans son fauteuil et patienta. Elle n'avait pratiquement pas dormi la nuit précédente, et le simple fait de savoir qu'elle pouvait désormais se détendre était énorme. Elle regrettait de ne pas avoir emporté son ordinateur portable pour s'occuper. Cela faisait onze jours que sa vie était en suspens. Elle n'était même pas sûre de ce qu'il était advenu de son travail. En avait-elle encore un ? Elle avait téléphoné à son patron, laissé un message. Toutefois, personne ne l'avait rappelée. Elle avait pris une semaine de vacances, mais elle aurait dû retrouver son poste depuis quelques jours. Elle avait contacté son supérieur un peu plus tôt, pour lui donner des nouvelles de Samantha. Mais ce n'était pas ainsi qu'elle conserverait son emploi. Dans le même temps, son appartement avait été vidé et nettoyé. Maintenant que les choses s'étaient calmées, elle devait avertir son propriétaire. Ce n'était pas avec des bandes adhésives de scène de crime sur sa porte qu'il devait apprendre ce qui s'était passé.

Comme les réparations prendraient du temps, elle avait besoin d'un endroit où vivre dans l'intervalle. Elle devait également informer sa compagnie d'assurance du sinistre qu'elle avait subi. Elle ne savait pas quoi faire. Elle était déchirée, car elle savait que Saul était pour beaucoup dans son indécision. Elle ne s'attendait pas à trouver quelqu'un dans ce monde de fous, mais c'était le cas. Elle n'avait pas envie de le voir partir, même lorsqu'elle était assise à côté de Tammy. Cependant, Saul serait bientôt renvoyé au Texas. Et elle ne pouvait pas laisser sa meilleure amie à San Diego. Même s'il avait résidé en Californie, sa vie était désormais au Texas. Elle était à la croisée des chemins, mais elle avait probablement perdu son emploi et n'avait nulle part où aller. Elle n'avait pas non plus de véritable raison de se rendre au Texas – sauf pour lui. Elle renifla. Si elle l'avait rencontré lorsqu'il habitait encore en Californie, elle aurait peut-être été en mesure de le convaincre de rester. Puis elle songea à ce qu'elle avait vécu depuis une semaine et demie. Il y avait des choses dans la vie sur lesquelles il était impossible de revenir. Elle avait pensé à reprendre son boulot, mais tout en elle se révoltait. Elle n'avait pas été kidnappée et n'avait pas subi les abus qui avaient suivi, mais c'était le cas de plusieurs personnes avec lesquelles elle travaillait. Elle était émotionnellement affectée. Même si elle aimait son job, elle ne voulait certainement pas travailler avec le groupe qui avait infligé ça à Tammy et à Daniel. Et à Samantha. Rien ne remplacerait les horribles souvenirs des onze derniers jours. Et il lui faudrait beaucoup de temps pour cesser de voir le visage meurtri et le corps brisé de la superviseuse. Rebel avait conscience que la police allait s'intéresser de près à son employeur, et elle n'avait pas non plus envie d'avoir affaire à ça. Une fois que son nom serait lié à l'enquête, surtout depuis qu'elle avait transmis les informations accablantes qui allaient nuire à la réputation de son entreprise – deux fois –, elle n'aurait certainement plus de boulot. Elle grogna, souleva les pieds, les posa délicatement sur le bord du lit de Tammy et s'adossa, fermant les paupières.

Quel bordel !

— Rebel ?

Rebel se leva d'un bond et dévisagea Tammy, dont les yeux étaient ouverts – un peu embrouillés, montrant une certaine confusion, mais bel et bien ouverts. Elle s'assit prudemment à côté de son amie.

— Oh, mon Dieu ! Tu es réveillée !

Elle prit la main de Tammy.

— Comment te sens-tu ?

— Mal. Est-ce que quelqu'un m'a fait tomber d'un pont, m'a roulé dessus plusieurs fois, m'a ramassée et m'a jetée dans un placard quelque part ?

— Je n'en ai aucune idée. Mais tu n'as pas d'os cassés, et tu es en relativement bonne forme, bien que tu aies été lourdement droguée. Les produits quittent lentement ton organisme.

— Tu devrais peut-être me raconter ce qui s'est passé.

Tammy s'apprêta à secouer la tête. Puis elle grimaça.

— Ou peut-être pas.

— Tu m'as téléphoné il y a onze jours de chez Daniel. Tu avais prévu d'y aller pour le week-end, et ce vendredi soir tu m'as appelée, tu étais en colère et tu as dit que tu rentrais chez toi. Tu as ajouté que tu me contacterais et que tu me parlerais dès que tu arriverais, et que tu ne voulais rien avoir à faire avec lui. Sauf que…

Rebel prit une grande inspiration et ajouta :

— Tu ne m'as jamais rappelée.

Tammy la regarda avec confusion.

— Il y a onze jours ?

Rebel acquiesça.

— Il y a onze jours, répéta-t-elle à voix basse. Entre-temps, je t'ai cherchée.

Tammy serra doucement la main de Rebel.

— Merci de m'avoir trouvée.

— Nous avons conclu un pacte avec le diable pour te ramener. Heureusement, ça a marché.

Tammy fronça les sourcils alors qu'elle s'allongeait dans le lit, son visage se plissant sous l'effet des souvenirs.

— Daniel était avec moi ?

Rebel opina du chef.

— Nous l'avons récupéré aussi.

— Tout est bien qui finit bien.

Elle roula la tête d'un côté à l'autre.

— Tout est si brumeux, si lointain, comme si je ne m'en souvenais plus tout à fait.

— Et c'est peut-être une bonne chose. Ils t'ont placée sous sédatif pour que tu ne causes pas de problèmes.

— C'est vrai. Je me rappelle m'être disputée avec Daniel et avoir été attaquée alors que je quittais son immeuble.

Ses paupières s'ouvrirent.

— C'étaient deux hommes. Je me souviens qu'ils m'ont injecté quelque chose.

— Oui, il serait logique qu'ils l'aient fait tout de suite. Je ne sais même pas s'ils t'ont gardée ainsi pendant les onze jours, mais je suppose que tu étais éveillée une partie du temps.

— Nous l'étions, le plus souvent. Je me souviens d'avoir mangé, d'être allée aux toilettes. Nous avons été autorisés à sortir sur la terrasse pendant un petit moment. Mais nous ne pouvions rien voir d'autre que des arbres. Puis on m'a ramenée à l'intérieur, on m'a de nouveau attachée et on m'a fait d'autres piqûres.

Elle observa son bras.

— C'est fini maintenant. Tu peux oublier tout ça. Tout ce dont nous avons besoin, c'est de te rendre heureuse et en bonne santé.

Tammy regarda fixement, des ombres dans les yeux.

— J'essaie de comprendre ce qui a mené à ça.

— Te rappelles-tu avoir trouvé des informations que tu as copiées sur une clé USB ?

Le froncement de sourcils de Tammy s'accentua.

Rebel poursuivit :

— Des informations sur Samantha et Daniel ?

— Samantha, oui. J'ai posé la question à Daniel, mais il a affirmé qu'il ne faisait plus ça.

— Plus ?

Tammy acquiesça lentement.

— Oui. C'est la raison pour laquelle nous avons rompu il y a plus d'un an. Je pensais qu'il faisait quelque chose d'illégal. Quand il est revenu vers moi ces derniers mois, il m'a informée qu'il en avait fini avec ça.

— Et tu as changé d'avis sur le fait d'être avec lui ?

— Samantha a dit quelque chose au travail, quelques heures plus tôt. J'ai pensé qu'il avait une liaison avec elle ou qu'il était impliqué avec elle dans une affaire illégale. À son appartement, je l'ai accusé parce que Samantha m'avait contactée. Il m'a juré qu'ils n'avaient pas de liaison et qu'il n'avait jamais eu de relation avec elle. C'est pour cela que je me suis énervée, car j'ai pensé qu'il mentait. J'ai essayé de partir, et j'ai fini par me retrouver…

Elle fit un geste de la main.

— Comme ça.

— Eh bien, Samantha n'est plus impliquée. Il semble qu'elle cédait des informations sur la société au plus offrant des deux soumissionnaires. Elle a été kidnappée par celui à qui elle n'a pas vendu. Il l'a battue très violemment. J'étais censée te récupérer en échange de la clé USB. Au lieu de ça, c'est elle qu'on a eue, et elle est morte sous mes yeux.

La voix de Rebel s'éteignit sous l'effet du traumatisme causé par ce souvenir.

— La seule chose à laquelle j'ai pensé à partir de ce moment-là, c'est qu'on te retrouverait dans le même état.

Tammy regarda son amie avec horreur.

— Ils ont tué Samantha ?

Elle s'efforça de se redresser, puis s'effondra dans le lit.

— J'ignorais totalement que ce serait aussi risqué. J'ai laissé la clé dans ta voiture parce que je ne savais pas quoi en faire.

Rebel opina du chef.

— Et un sans-abri a eu la gorge tranchée sans autre raison que celle d'avoir été au mauvais endroit au mauvais moment. Quand on l'a découvert, il avait ton médaillon dans sa chaussure.

— Je me rappelle avoir été dans un entrepôt, mais j'ignore pendant combien de temps.

Rebel secoua la tête.

— J'ai surveillé l'appartement de Daniel pendant des jours, croyant qu'il était impliqué.

Elle fronça les sourcils.

— A-t-il été kidnappé en même temps que toi ?

Tammy haussa les épaules.

— Je ne l'ai pas vu au début. Je ne m'en souviens pas.

— Ce n'est pas grave. Nous avons trouvé des textos entre Daniel et son frère pendant que tu avais disparu, mais ce n'est peut-être pas lui qui les a envoyés. Nous pensons qu'il a été enlevé plusieurs jours après toi.

Elle haussa les épaules.

— Il faudrait lui poser la question. Il est apparu à côté de moi, mais je ne me rappelle pas quand.

Elle ferma les yeux et murmura :

— Je suis si fatiguée.

— Repose-toi, Tammy. Repose-toi.

Lorsque son amie s'endormit de nouveau, Rebel sortit dans le couloir et envoya rapidement un message à Saul, expliquant la confusion de Tammy.

Il lui répondit immédiatement :

Je suis à l'hôpital avec Daniel. Je viendrai te voir quand on aura fini.

Avec un sourire idiot sur le visage, elle retourna dans la chambre et s'assit à côté de Tammy. Elle espérait que c'était fini pour elle, mais, seulement au cas où, Rebel ne voulait pas laisser son amie seule très longtemps.

Un autre quart d'heure s'écoula avant que la porte ne

s'ouvre et que Dakota, Merk et Stone n'entrent. Les yeux de Tammy s'ouvrirent, et Rebel tendit la main à son amie. Tammy jeta un coup d'œil aux hommes, puis à Rebel et demanda :

— Qui sont ces gens ?

Saul, le dernier arrivé, s'avança et répondit :

— Nous faisons partie du groupe qui t'a trouvée.

Rebel serra la main de Tammy.

— Et pour cela, vous avez mes plus sincères remerciements, dit-elle à voix basse.

Les gars posèrent quelques questions, mais elles portaient plus sur sa santé que sur ce qui lui était arrivé.

Elle déclara :

— Je suis désolée. J'ai l'impression que tout est assez confus dans ma tête en ce moment.

Ils acquiescèrent.

— Il y a des chances que ça revienne lentement.

Saul fit signe à Rebel.

— J'aimerais te parler dehors pendant quelques minutes.

Elle se leva d'un bond et sortit dans le couloir.

— Qu'a dit Daniel ?

— Apparemment, elle est sortie de son appartement tard dans la nuit de vendredi à samedi. Daniel n'a rien su de sa disparition qui a suivi, si ce n'est qu'elle ne répondait pas à ses appels. Lorsqu'elle ne s'est pas présentée au travail, il a essayé de la joindre. Il était inquiet après que tu as fait tout un plat de son absence. Il a d'abord pensé qu'elle avait disparu parce qu'elle était très en colère contre lui. Mais il s'est ensuite renseigné pour voir ce qui se passait d'autre. Samantha l'a prévenu qu'il serait avisé de ne pas s'en mêler, sinon il finirait comme Tammy. Apparemment, il s'est volatilisé le lendemain.

— Et Samantha a disparu après ça ?

Il hocha la tête.

— A-t-il été impliqué avec Samantha à un moment ou à un autre, comme le pensait Tammy ? Sur le plan professionnel ou personnel ?

— Apparemment non. Il voulait réessayer avec Tammy et avait tenté de couper tous les liens avec Samantha et ses activités illégales. Mais, bien sûr, ce n'est pas si facile à faire.

— C'est fini ?

— Nous aimerions le croire. Nous ne savons pas si d'autres personnes de la société y sont mêlées. Il y a de fortes chances qu'il y en ait d'autres, mais cela ne signifie pas que leurs actes étaient illégaux. Daniel a également expliqué qu'il avait organisé le petit-déjeuner avec son frère en sachant que, s'il ne se présentait pas, Benji partirait à sa recherche.

Elle acquiesça.

— J'espère que nous allons pouvoir passer à autre chose maintenant.

Saul la regarda attentivement pendant un moment.

— Quels sont tes projets ?

Elle grimaça.

— Après ce qui s'est passé à mon appartement, je n'ai plus grand-chose. Je n'ai pas non plus d'endroit à moi où loger. Je pourrais dormir chez Tammy, mais ça n'a plus le même caractère réconfortant qu'avant.

Elle le considéra et haussa les épaules.

— Tu ne rentres pas chez toi maintenant ?

Il opina du chef.

— Je vais bientôt partir.

Elle prit une grande inspiration.

— Est-ce qu'on va encore passer du temps ensemble ?

— Nous ferons tout ce qu'il faut pour finaliser cette mission aujourd'hui.

— Je dois me rendre au bureau pour vérifier si j'ai encore un emploi.

— Tu n'en es pas sûre ? Pourquoi ?

— J'ai pris mes vacances la semaine dernière, mais cette semaine… J'ai parlé aux RH il y a quelques jours, mais je n'ai pas dit que je reviendrais. Si j'étais le patron de l'entreprise, je ne me réengagerais pas.

Il sourit.

— Tu peux toujours déménager au Texas.

Elle se figea, son cœur s'arrêta, son regard s'écarquilla. Puis elle se détendit.

— Tu plaisantes.

À l'intérieur, son cœur reprit son rythme. Elle aurait aimé qu'il ne plaisante pas. Mais elle n'était pas du genre impulsif. D'accord, pas du genre impulsif à long terme en tout cas. Comment diable pourrait-elle déménager jusqu'au Texas ? Son esprit lui disait que s'il y avait un moment pour le faire, c'était bien maintenant. Pas de biens, un chèque de l'assurance pour repartir à zéro, probablement plus de travail…

— Mais Tammy, murmura-t-elle dans un souffle. Je ne peux pas la quitter.

Saul sourit.

— Amène-la. Je pense qu'elle devrait partir d'ici après tout ça également.

— Je ne peux pas prendre cette décision à sa place, concéda honnêtement Rebel. Et elle aura probablement besoin de beaucoup de soutien pendant un petit moment.

— Peut-être, admit Saul. Mais ce que j'ai aussi vu, c'est une femme déjà sur la voie de la guérison.

— Presque. Je ne sais pas s'il y a quelque chose avec Daniel. Elle est donc susceptible de vouloir rester ici pour voir si leur relation est susceptible de fonctionner.

Saul acquiesça.

— Tu n'as pas envie de la quitter alors, n'est-ce pas ?

Il regarda au loin, puis sembla reculer d'un pas, à la fois mental et physique. Un recul qu'elle détesta immédiatement. Elle secoua la tête.

— Tammy sera ici toute la journée, peut-être toute la nuit. Ensuite, je pourrai toujours aller chez elle.

— Ou la laisser dormir ici et revenir chez Richard pour passer la nuit avec moi.

— Ça me paraît intéressant aussi.

Elle se pinça les lèvres en y songeant.

— Il y a de fortes chances que les médecins la gardent pour la nuit en observation de toute façon.

Saul opina du chef.

— Je te vois dans quelques heures. Les gars et moi avons des choses à vérifier. Nous reviendrons voir Daniel dans quelques instants. Je crois que Foster a prévu un grand dîner pour nous tous ce soir pour fêter ça.

Elle sourit.

— Charmant. On se tient au courant. J'ai ma voiture, donc ça ira pour nous.

Il acquiesça.

— D'accord, si tu pars d'ici, fais-le-moi savoir.

La porte de la chambre d'hôpital de Tammy s'ouvrit, et les autres gars sortirent. Il y eut un silence gênant pendant qu'elle les étudiait. Elle avança de quelques pas vers la chambre et dit :

— À plus tard.

Une fois à l'intérieur, elle s'assit, sourit à son amie et lui serra doucement la main.

Tammy examina Rebel avec des yeux complices.

— Je vois que tu as trouvé quelqu'un qui te plaît.

Les sourcils de Rebel se haussèrent.

— De quoi tu parles ?

— L'homme qui t'attend. Tu as été tellement pointilleuse ces dernières années que j'ai cru que tu ne trouverais jamais quelqu'un. Mais tu en étais consciente, n'est-ce pas ? Dès que tu l'as vu, tu l'as su.

— Non, je ne l'ai pas su tout de suite. Et même maintenant, je n'en suis pas sûre. Il travaille au Texas. Il y a encore quelques mois, il vivait ici, mais il a déménagé pour rejoindre la société de sécurité dans laquelle il est employé maintenant.

Elle regarda au loin.

— Il m'a suggéré de m'y installer, mais je suis certaine qu'il ne faisait que plaisanter.

— Qu'est-ce qui t'en empêche ?

Rebel dévisagea son amie, la mâchoire décrochée.

— Tu es sérieuse ? Je ne vais pas abandonner tout ce que j'ai ici et te quitter pour aller dans un État où je n'ai pas de boulot et où je ne connais personne.

— Nous connaissons des gens. Ou as-tu oublié les filles avec qui nous sommes allées à l'école ? Elles ont déménagé au Texas.

— Mais on ne les a pas vues depuis des années.

— Et alors ? Nous leur parlons tout le temps sur les réseaux sociaux.

Rebel tapota le bras de son amie.

— Cela ne veut pas dire que je dois simplement faire mes valises et partir.

— Oh ? Quels sont tes projets alors ? Retourner au même vieux travail ?

Tammy la dévisagea.

— Je ne sais pas si je veux reprendre ce travail. Je ne veux pas bosser pour la même entreprise. Je ne suis même pas sûre qu'ils m'accepteront, ajouta-t-elle.

— Je pensais la même chose, avoua Rebel. Je ne me suis pas présentée au bureau cette semaine alors que j'étais censée revenir de vacances. Je me suis éloignée pour te chercher.

— J'ai rassemblé des preuves d'activités illégales menées par des employés de la société. La dénonciation n'est pas de bon augure pour conserver mon emploi actuel, et encore moins pour en obtenir un autre.

Les deux femmes se regardèrent fixement.

— Nous sommes dans un sale état.

— Mais nous sommes en vie.

Rebel tendit la main, Tammy également.

— Meilleures amies pour toujours.

— Mais ça ne veut pas dire meilleures amies sans petit ami, répliqua Tammy.

— Peut-être. Je ne sais pas.

— Personne n'a dit que tu devais prendre une décision maintenant. Mais il faut essayer. Il est venu ici et il t'a trouvée, mais tu devras peut-être aller là-bas pour voir si c'est réel.

Rebel observa son amie avec stupeur.

— Ça ne te ressemble pas du tout.

— Non, peut-être pas, mais il n'y a rien de tel que d'être kidnappée et détenue pendant onze jours pour se rendre compte à quel point être en sécurité et vivre tranquillement est ennuyeux. Cela ne te permet pas de sortir de ta zone de confort et d'accomplir les choses dont tu rêverais. Et si nous ne sommes jamais allées au Texas ? Nous ne sommes jamais allées au Nouveau-Mexique non plus. Si nous nous installons dans un État, nous sommes capables de commencer à voyager dans tous les autres. C'est ce que nous avons fait ici. Nous nous sommes rendues dans l'État de Washington, dans l'Oregon et à Baja. Mais jamais au Texas.

— Nous ? répéta Rebel pour être certaine.

Tammy haussa les épaules, puis admit :

— Peut-être.

— Je ne sais pas où il habite au Texas.

Elle rit.

— Je suis sûre qu'on peut le savoir en passant un petit coup de fil. Pour qui as-tu dit qu'il travaille ?

— Legendary Security. Pour un certain Levi et sa partenaire, Ice.

— Laisse-moi voir ton téléphone.

Rebel sortit son portable de sa poche et le tendit. En quelques secondes, Tammy avait le nom et les coordonnées de la société dans sa main. Elle brandit l'appareil pour que Rebel le voie puis appuya sur le bouton d'appel.

Rebel arracha le téléphone des mains de sa meilleure amie.

— Non, attends.

Mais déjà, une voix de femme se fit entendre à l'autre bout du fil.

— Legendary Security. Puis-je vous aider ?

Rebel respira profondément.

— Je crois que vous l'avez déjà fait.

— Expliquez-moi.

Rebel récapitula du mieux possible les onze derniers jours.

— Mon amie Tammy est maintenant en vie et en bonne santé grâce aux hommes que vous avez envoyés chercher Daniel. Et même s'il n'est pas ma personne préférée, je suis très heureuse qu'il ne soit pas mort lui aussi.

La voix de la femme s'adoucit.

— Vous devez être Rebel.

— Oui, comment l'avez-vous deviné ?

— Mon équipe m'a parlé de vous. Je suis Ice.

— Oh ! Qui ? demanda Rebel. Peu importe. Ne répondez pas à cette question.

Le ricanement de Ice était bas et rauque.

— Ils ont tous parlé de vous, mais c'est Saul qui a été le plus bavard.

— Oh, je suis contente de l'entendre ! s'exclama-t-elle, troublée, la chaleur envahissant ses joues.

— Je comprends que votre vie en Californie a été bouleversée.

— Eh bien, je n'ai pas de travail. Je n'ai pas d'appartement. Je n'ai pas beaucoup d'affaires, énuméra-t-elle. Mais j'ai une meilleure amie qui aura besoin de temps et d'efforts pour guérir.

— Quand vous serez prêtes, venez nous rendre visite. Vous trouverez peut-être toutes les deux le Texas à votre goût.

Et Ice raccrocha. Rebel tourna la tête et fixa Tammy des yeux.

— Elle a dit que lorsque nous serons prêtes à visiter le Texas, nous le trouverons peut-être à notre goût.

Tammy sourit.

— Et apparemment, Saul lui a parlé de moi.

— Sois à la hauteur de ton nom. Sois une Rebel.

Rebel secoua la tête.

— Je suis allée en enfer pour te trouver, et je ne te perdrai pas maintenant.

Tammy s'assit dans son lit et déclara :

— Alors, nous partirons toutes les deux. Dieu sait que je

n'ai pas envie de rester ici.

Les deux femmes se regardèrent en silence. Finalement, Rebel prit la parole.

— Il y a un an ou deux, nous voulions changer, mais nous n'aurions jamais pensé faire une chose pareille pour un homme.

— Mais ce n'est pas pour un homme. C'est pour notre avenir. De plus, ces gars sont des héros. Ils nous ont sauvés, Daniel et moi, et cela vaut tout. Si je peux faire quelque chose pour les aider en retour, je le ferai.

LORSQUE SAUL RETOURNA chez Richard ce soir-là, ses nerfs étaient à vif. Il avait été surpris de s'entendre demander à Rebel de déménager au Texas, mais en même temps, il s'était rendu compte qu'il ne plaisantait pas. Il avait conscience que les relations à distance ne fonctionnaient pas. Il avait déjà pris beaucoup de risques en déménageant au Texas, et maintenant qu'il s'était installé dans cette nouvelle vie, il l'aimait. Mais il aimait aussi Rebel, et il n'avait aucune idée de la façon dont cela fonctionnerait. Bien sûr, Levi ouvrirait peut-être un jour un bureau en Californie, mais Saul ne voyait pas cela arriver à court terme. Ce n'était tout simplement pas le moment. Ils n'avaient ni la main-d'œuvre ni la logistique pour un tel projet. Il fallait beaucoup de temps pour mettre en place une nouvelle opération dans un autre État. Et honnêtement, Saul n'était pas prêt à quitter le Texas. C'était magnifique. Il appréciait beaucoup le temps qu'il y passait. Mais le fait de penser que Rebel ne serait pas là avec lui lui brisait le cœur.

— Ice a-t-elle donné des nouvelles à Benji ? demanda Foster.

Il s'affairait dans la cuisine pour préparer le dîner.

Saul s'appuya sur le cadre de la porte et secoua la tête.

— Pas encore. Ice le mettra au courant à la première occasion.

Foster acquiesça.

— Ce serait une bonne chose. Je suis sûr que cela l'a rongé.

— Oui, je m'en doute. J'ai cru comprendre que nous serions dans les airs pour rentrer chez nous demain à midi.

— Et Rebel ?

Saul haussa les épaules.

— J'espère qu'elle reviendra ici ce soir.

— Ce serait charmant. C'est une jeune femme sympathique.

— Elle est farouchement loyale.

— Tu pourrais tenter quelque chose.

Saul lança un regard suspicieux à Foster.

— Je ne serai pas là assez longtemps pour tenter quoi que ce soit.

Foster se retourna et sourit.

— Le plus gros est fait. Il ne te reste plus qu'à décider ce que tu veux en tirer.

— J'ai procédé à beaucoup de changements pour travailler avec Levi et Ice. Je ne suis pas près d'y renoncer.

— Et tu n'en auras peut-être pas besoin.

Foster ne prononça pas un mot de plus.

Saul monta dans sa chambre et boucla ses valises. Pendant ce temps, il prit son téléphone et appela Rebel.

— Hé, tu es toujours à l'hôpital ?

— Non, je suis au bureau. J'ai décidé de faire un petit tour au service des ressources humaines pour voir quelles sont mes options.

Le cœur serré, il lui dit :

— Tu étais censée m'appeler en quittant l'hôpital. Mais, plus important encore, as-tu décidé de reprendre le travail ?

— Je n'ai pas envie de bosser ici. Mais je ne sais pas si j'ai été licenciée, si j'ai droit à une indemnité de départ ou si j'ai de bonnes références, expliqua-t-elle. J'ai besoin de faire le point sur mes finances. Je leur dois aussi des excuses.

Elle marqua une pause.

— Je suis en train d'entrer. Il est un peu tard, mais j'espère que Roger est encore là.

— Je suis de retour chez Richard.

— Oh, j'espérais être là quand tu arriverais ! J'en ai pour une demi-heure, j'espère que ce ne sera pas plus long.

Il entendit frapper au téléphone.

— Je te rappelle, d'accord ?

— Dans combien de temps ?

— Dans dix minutes. Je descends au troisième étage. Si je ne te contacte pas, viens me chercher, plaisanta-t-elle.

Il rangea son mobile et s'assit devant son ordinateur portable. Lorsque dix minutes se furent écoulées et qu'elle ne rappela pas, il fixa le téléphone des yeux. Il patienta encore quelques minutes, mais il n'y avait toujours pas de coup de fil. Finalement, il attrapa l'appareil, conscient de sa bêtise, mais incapable de se débarrasser d'un sentiment de malaise.

Il composa le numéro et n'obtint aucune réponse.

— Merde !

Il lui envoya un message.

Tu vas bien ? Où es-tu ?

Il ne reçut aucun SMS en retour. Il attendit trente secondes, les yeux rivés sur son portable, puis sortit de sa chambre, les clés à la main, et se précipita au rez-de-chaussée.

Foster était toujours dans la cuisine.

— Qu'est-ce qu'il y a ?

— Elle a des ennuis.

Saul se précipita dehors et trouva Stone, Dakota et Merk debout à côté de la Jeep, en train de parler d'une des voitures de Richard. Ils levèrent les yeux, surpris, quand il passa en courant.

— Elle a des ennuis.

La Jeep se remplit instantanément d'hommes. Saul sauta sur le siège du conducteur, mit le moteur en marche et quitta la zone en vitesse. Il leur expliqua le problème.

— Tu es sûr que tu ne devrais pas attendre cinq ou dix minutes ? Tout le monde ne fonctionne pas à l'heure militaire.

— Je n'aime pas l'idée qu'elle soit allée dans ce bureau. Ce n'est pas parce que nous savons que Samantha était impliquée que d'autres ne l'étaient pas aussi.

Cela les réduisit au silence.

Il se gara dans le parking et trouva sa voiture. Il se précipita à l'entrée, mais les portes étaient verrouillées.

Il consulta sa montre. Trente minutes s'étaient écoulées depuis leur conversation.

Entendant des bruits à l'intérieur, il se retourna et vit plusieurs personnes sortir juste à ce moment-là. Il saisit la porte et la maintint jusqu'à ce que la foule franchisse le seuil, puis ils se glissèrent à l'intérieur.

Au troisième étage, il se précipita hors de l'ascenseur, mais le couloir était désert. Il courut le long d'un côté, regardant les plaques nominatives.

— Rebel, tu es là ? cria-t-il.

Il essaya d'ouvrir la porte sur laquelle figurait le nom de Roger Ginrod, mais elle était fermée à clé. Une lumière était allumée à l'intérieur, mais elle n'était pas vive.

Personne ne répondit à ses coups violents. Il jeta un coup d'œil aux autres hommes. Stone avait déjà sorti son crochet et, en deux secondes, il avait déverrouillé la porte. Puis il la poussa.

— Hé, qui êtes-vous et que fichez-vous ici ?

Un type grand et mince se leva d'un bond, paniqué par la colère.

— Sortez d'ici, ou j'appelle la sécurité.

Saul remplit l'embrasure de la porte comme un ange vengeur.

— Je suis Saul.

Il scruta les alentours.

— Et où diable est ma chérie ?

L'homme sortit de derrière le bureau.

— J'ignore de qui vous parlez.

Saul secoua la tête. Elle était là, il le savait par intuition. Il y avait une porte sur le côté. Tandis que l'individu protestait, Saul s'en approcha et l'ouvrit. Rebel était sur la table de la salle de conférence. Une aiguille dans le bras.

— Ce connard l'a droguée, hurla-t-il.

Il se précipita, arracha l'aiguille et la jeta à travers la pièce.

— Rebel, tu m'entends ?

Ses paupières papillonnèrent, et elle gémit. Il se pencha sur elle et l'embrassa.

— Rebel, réveille-toi, s'il te plaît. Réveille-toi.

Derrière lui, il entendit Roger protester.

— Je vais appeler la police.

Merk dit :

— On s'en occupe. Ne vous inquiétez pas pour ça.

Il composait déjà le 911 pour demander une ambulance et la police.

Roger se plaignait encore, mais il se tut lorsque Stone le lui intima.

Saul jeta un coup d'œil en arrière et vit Stone se tenir au-dessus de Roger, qui était à présent assis, courbé devant le grand homme. Il aurait aimé être seul quelques minutes avec Roger, mais il devait d'abord s'occuper de Rebel. Furieux, il grogna :

— Qu'est-ce qui valait la peine de blesser tous ces gens ?

Comme Roger ne parlait pas, Saul se retourna, prêt à se ruer sur lui.

— L'entreprise nécessite de nouvelles concessions régle-mentaires. Une autre société souhaite nous racheter à moindre coût. La preuve d'un acte répréhensible l'en aurait empêchée.

— Vous êtes sans doute à l'origine de l'enlèvement de Tammy et de Daniel. Et vous avez engagé les intrus qui s'en sont pris à Rebel dans la maison de Richard.

Saul secoua la tête et caressa les joues de Rebel.

— Nous avions besoin de ses informations. Je n'étais pas au courant pour les hommes qui ont tué Samantha.

Saul ignora Roger, prit Rebel dans les bras et se dirigea vers la fenêtre où la lumière du soleil tombait sur les lignes de son visage. Il lui chuchota :

— Je ne sais pas comment tu as réussi à te glisser dans mon cœur comme ça, mais je ne peux pas te laisser partir. Réveille-toi, s'il te plaît.

Il la secoua légèrement et étudia ses traits.

— Réveille-toi, ma chérie. Je t'en prie, réveille-toi.

Ses paupières se soulevèrent lentement, et elle le regarda, hébétée. Elle tendit la main vers son visage, mais son bras retomba contre son corps.

— Droguée.

— Je vais m'occuper de toi. Tu n'as qu'à te battre. Essaie de rester éveillée.

Il pivota et la porta doucement dans les bras en se dirigeant vers le bureau extérieur.

— Où est l'ambulance ?

— Elle est en route, répondit Stone. Et la police s'assurera de faire toute la lumière sur cette affaire.

À l'aide d'un mouchoir en papier, Dakota ramassa l'aiguille que Saul avait retirée du bras de Rebel puis jetée. Dakota colla la preuve sous le nez de Roger.

— Vous voulez parier que vos empreintes digitales sont partout là-dessus ?

Saul était déjà sorti du bureau et lança par-dessus son épaule :

— Je n'attends pas. J'emprunte la Jeep et j'emmène Rebel à l'hôpital.

Dakota prit la parole :

— Je conduis.

Se tournant vers Stone et Merk, il ajouta :

— Une fois que la police sera venue chercher le prisonnier, pouvez-vous venir jusqu'à l'hôpital ? Ou dois-je revenir vous chercher ? Faites-moi signe.

La portant, ses pieds allant aussi vite que possible sans causer plus de mal à Rebel, Saul monta dans la Jeep avec Dakota qui les emmena à l'hôpital.

— Tu l'aimes bien, n'est-ce pas ?

Saul poussa un gros soupir.

— Apparemment.

— Je suis jaloux, mec. Je ne pensais pas que tu trouverais quelqu'un, mais comme ça, boum, elle est arrivée.

— Mais est-ce que c'est la bonne ?

— Vu ta réaction, je pense.

— Cela ne veut rien dire. Je me sentirais peut-être comme ça avec n'importe qui.

— Non, pas comme ça. Il te suffit d'écouter ton cœur, et tu verras.

Saul s'enfonça dans son siège, la serrant contre lui. Il avait bouclé sa ceinture de sécurité, mais pas elle. Il n'y avait pas d'autre solution. Il n'osait pas attendre plus longtemps une ambulance. C'était plus rapide.

Lorsqu'ils arrivèrent à l'hôpital, il détacha sa ceinture de sécurité et sortit avec Rebel dans les bras. Il la porta jusqu'à la première cabine d'urgence vide et l'allongea sur l'un des lits.

Le médecin qui s'occupait de Tammy s'approcha, jeta un coup d'œil à Saul et demanda :

— Encore une ?

Il acquiesça.

— Nous avons trouvé l'aiguille cette fois-ci, et elle n'a pas pu rester plus de quinze à vingt minutes seule avec le kidnappeur.

Le médecin prit l'aiguille des mains de Dakota et la plaça dans un sac à échantillons qu'il posa sur le côté, avant de dire :

— Reculez.

Saul n'eut pas d'autre choix que de reculer pendant que l'équipe médicale s'occupait de Rebel. Il fit les cent pas à l'extérieur, dans la salle d'attente, impatient que le médecin sorte.

Lorsqu'il les rejoignit, il avait un sourire aux lèvres.

— Elle va s'en sortir. Elle est réveillée, pas très consciente, mais elle est réveillée. Elle n'arrête pas d'appeler Saul.

Il s'avança.

— C'est moi.

— Parfait. Nous allons la mettre dans la même chambre

que son amie.

Après cela, les événements se déroulèrent rapidement, et ils transportèrent Rebel sur un brancard jusqu'à la chambre de Tammy. Celle-ci la regarda et se mit à pleurer. Saul lui expliqua rapidement son passage au service des ressources humaines et ce qui s'était passé.

Tammy le dévisagea avec horreur.

— C'est terrible. Elle est tombée dans un piège.

— Ce qui est bien, c'est que cela devrait au moins mettre un terme à cette entreprise.

— Une chose est sûre, nous n'y retournerons pas.

— C'est une bonne idée. Dans ce cas, dis-lui qu'elle doit venir au Texas.

Tammy rit.

— Nous en avons parlé tout à l'heure. C'est l'une des raisons pour lesquelles elle est allée voir Roger. Pour savoir si on lui devait de l'argent et si elle avait une chance d'avoir une lettre de recommandation.

Saul l'étudia, l'espoir au cœur.

— Voudrais-tu déménager avec elle ?

Dakota entra à ce moment-là et s'installa à côté de Saul. Il observa Tammy avec intérêt.

— Sérieusement, tu ferais ça pour ton amie ?

— Eh bien, nous devons emballer mes affaires, et je suis encore faible. Mais nous serions prêtes pour un essai de quelques mois. Je pourrais même déposer mes affaires dans un garde-meubles si nous ne trouvons pas de logement immédiatement.

Saul lui sourit.

— Tu es une bonne amie.

Tammy dit lentement :

— L'une des leçons de la vie, c'est que lorsque l'on

trouve de vrais amis, on les garde pour toujours. On fait des compromis pour eux.

Saul était content de l'entendre et acquiesça.

— C'est tout à fait exact. Chez Legendary, nous partageons tous la même philosophie.

— Elle aurait beaucoup de chance de finir avec toi, déclara Tammy avec sincérité. Et tu aurais beaucoup de chance de l'avoir.

Saul s'assit sur le lit à côté de Rebel et lui caressa doucement la joue.

— Hé, ma belle, réveille-toi maintenant.

Les paupières de Rebel s'ouvrirent, et un sourire se dessina au coin de sa bouche.

— Je savais que tu viendrais.

— Comment ? s'étonna-t-il.

— Parce que tu es mon héros. C'est ce que font les héros, murmura-t-elle avant que ses yeux ne se ferment.

Il se pencha en avant et murmura :

— Ce n'est pas exactement la façon dont j'avais prévu de passer notre nuit ensemble, tu sais ?

Un petit rire s'échappa.

— Eh bien, dis au médecin de me donner quelque chose pour sortir cette saloperie de mes veines plus rapidement. Je n'ai pas l'intention de rester ici si l'alternative est une nuit dans tes bras.

— Ou tu déménages au Texas, et tu pourras passer beaucoup de nuits dans mes bras.

— Trouve-moi un endroit où vivre, et c'est d'accord.

À ce moment-là, la drogue reprit le dessus, et elle sombra dans un sommeil paisible.

— Mais tu te souviendras de tes propos quand tu te réveilleras, n'est-ce pas ?

— Elle s'en souviendra, le rassura Tammy d'une voix

sérieuse. Elle a parlé de très peu d'autres choses.

— Tant mieux. Quel genre d'hébergement voulez-vous toutes les deux ?

Tammy sourit et répondit :

— Nous ne sommes pas difficiles. Mais je suis dans l'informatique, et elle dans le marketing, alors il faut que ce soit un endroit où nous arriverons à trouver un emploi dans notre domaine respectif.

— Pas de problème, opina Dakota avec un grand sourire depuis l'embrasure de la porte.

Il se tourna vers Saul.

— Il est peut-être temps de parler à Ice.

Les sourcils de Saul se haussèrent, et il dévisagea Dakota.

— Vraiment ? Tu penses la même chose que moi ?

— Pourquoi pas ? Même si Legendary n'a besoin de personne, je suis sûr qu'ils connaissent quelqu'un qui recrute.

Saul était d'accord. Il arriverait peut-être à conserver son emploi et sa femme, finalement.

Un murmure s'approcha de lui.

— Saul ?

Il posa doucement la main sur la joue de Rebel.

— Je suis là.

Elle sourit.

— Veux-tu que je vienne ?

Sa voix était si basse qu'il la percevait à peine. Il se rapprocha et murmura :

— Je ne souhaite rien d'autre que de t'avoir à mes côtés pour le reste de ma vie.

En l'absence de réponse, il pensa qu'elle s'était encore endormie.

Mais ses doigts s'entrelacèrent avec les siens.

— C'est bien. Fais en sorte que ça arrive.

Et cette fois, elle était partie pour la nuit.

Épilogue

DAKOTA ATTENDAIT DEHORS, à l'écart des autres qui se tenaient en groupe à proximité, lorsque les filles arrivèrent enfin dans la Jeep de Saul. Il sourit en voyant Rebel. Elle avait l'air en pleine forme. Il espérait que Saul appréciait les mesures qu'elle avait prises pour être ici. D'ailleurs, il avait fait le nécessaire pour que Saul retrouve Rebel… et sa Jeep.

Elle en sortit, se précipita sur lui et l'entoura de ses bras.

— Saul est de retour ?

Il la souleva et la serra dans les bras.

— C'est pour bientôt. Ils étaient coincés à Chicago.

— Parfait. Nous sommes arrivés avant lui, sourit-elle. Est-ce qu'il est au courant de ma présence ?

Dakota sourit et déclara :

— Non, c'est un secret.

Elle roula des yeux, mais ils dansaient.

— Je suis contente qu'on ait pu s'arranger pour que sa Jeep vienne aussi avec nous. Le camion de déménagement l'a remorquée, comme tu l'as demandé.

Elle sourit.

— Mais je me suis dit qu'il serait peut-être plus ravi de la voir que de me voir.

Dakota s'esclaffa.

— Oh, je ne pense pas !

Tammy sortit du côté passager et s'approcha.

— Bonjour, Dakota. Je suis contente de te revoir.

Dakota lui sourit, reconnaissant à peine la femme en face de lui.

— Waouh ! Tu as l'air d'aller beaucoup mieux maintenant.

— Eh bien, j'étais un peu droguée la dernière fois que tu m'as vue.

— C'est vrai, admit-il en souriant. Venez, que je vous présente aux autres.

Rebel s'approcha et se présenta au groupe qui se trouvait à proximité. Levi jeta un coup d'œil à Rebel et sourit.

— Alors, tu es la chérie de Saul, c'est ça ?

Elle haussa les épaules.

— Je n'en suis pas si sûre, mais c'est vraiment mon héros.

Devant la grimace de Levi et le gloussement de la femme à ses côtés, Rebel ajouta :

— Sans lui, je ne serais pas arrivée jusqu'ici aujourd'hui.

Ice prit la parole.

— Levi n'aime pas qu'on le considère comme un héros. La plupart des gars sont dans le même cas.

Rebel secoua la tête et s'adressa aux hommes du groupe.

— Vous devez accepter que vous soyez tous des héros. Peu importe les circonstances, vous intervenez tous et vous faites ce que vous avez à faire, et pour ma part, j'apprécie cela.

Elle jeta un coup d'œil sur les visages et ajouta :

— Et je vous remercie pour ma vie.

Tammy se tint à côté de sa meilleure amie.

— Merci pour la mienne aussi.

Ice sourit aux deux femmes.

— Il n'y a pas de quoi. Entrez et prenez un café.

Elles se dirigèrent vers l'intérieur, laissant quelques hommes à la traîne.

Levi lança un regard à Dakota.

— Tu lui as parlé de l'histoire des héros ?

Dakota s'esclaffa.

— Non, mais Saul s'en est peut-être chargé. Ils n'ont pas cessé de se téléphoner, même si je pense que tu as délibérément essayé de l'éloigner d'elle.

Levi haussa les épaules.

— Je devais lui occuper l'esprit. Il était constamment distrait.

— Sans doute pour une bonne raison, plaisanta Dakota.

Un petit camion entra en trombe dans l'enceinte. Saul sauta du siège du conducteur, et son regard se figea à la vue de sa Jeep.

— Où est-elle ? rugit-il.

Entendant la voix de Saul, Rebel franchit la portière arrière, dépassa Dakota et se jeta dans ses bras.

C'était presque gênant de les voir tous les deux, perdus depuis si longtemps et maintenant retrouvés.

Et pourtant, c'était si réconfortant à la fois.

Dakota poussa un soupir de joie pour son ami et Rebel, de nouveau unis.

— Cela devient ridicule, lâcha Levi. J'ai l'impression d'être à la tête d'une agence matrimoniale.

Ice s'approcha de lui et de Dakota avec un grand sourire.

— Si c'est le cas, tu fais du très bon travail.

Elle tapota l'épaule de Dakota.

— Ne t'inquiète pas, nous trouverons quelqu'un pour toi aussi.

Il secoua la tête et leva les mains.

— Je suis bien. La vie de célibataire me convient parfaitement.

Levi entoura Ice d'un bras, la serra contre lui et murmura :

— Il n'a pas encore compris, n'est-ce pas ?

Ice sourit à Levi, l'amour de sa vie, et dit :

— Non, mais ça viendra.

C'est la fin du tome 8 de *Héros à louer : L'Amour de Saul.*

Découvrez la suite avec *La Joie de Dakota : Héros à louer,*

tome 9

Héros à louer : La Joie de Dakota (tome 9)

Se remettre de la perte de son mari n'a pas été facile pour Bailey, et à présent, sa vie consiste à aller au travail et à revenir… jusqu'à ce qu'un matin, elle entre sur son lieu de travail et soit témoin d'un meurtre.

Terrifiée à l'idée d'être la prochaine victime, elle s'enfuit dans la circulation et manque d'être écrasée. Ce qui aurait pu être sa mort réveille au contraire l'étincelle de vie qui sommeille en elle. Tout aussi ironiquement, l'homme qui conduit la voiture qui a failli la renverser réveille une autre douleur qu'elle croyait disparue à jamais avec son mari.

Dakota la persuade d'emménager dans le complexe où il est employé, Legendary Security, pour sa propre sécurité. Avec sa promesse de retrouver le meurtrier dont elle a été témoin, Bailey n'a pas d'autre choix que d'accepter son aide. Très vite, ce n'est plus sa vie qu'elle craint de perdre. Le gars qui a failli la bousculer va-t-il voler son cœur ?

Le tome 9 est disponible dès aujourd'hui !
Pour en savoir plus, visitez le site web de Dale Mayer.
https://geni.us/FRDMSDakota

Note de l'auteure

Merci d'avoir lu *L'Amour de Saul, Héros à louer, tome 8* ! Si vous avez apprécié le livre, merci de prendre un moment pour laisser votre avis.

Chers lecteurs,

J'aime avoir de vos nouvelles, alors n'hésitez pas à me contacter sur mon site web : www.dalemayer.com ou sur ma page d'auteure Facebook. Pour être informés des nouvelles parutions et des offres spéciales, inscrivez-vous à ma newsletter ou suivez-moi sur BookBub. Si vous souhaitez rejoindre mon groupe de lecteurs, voici la page d'inscription sur Facebook.
http://geni.us/DaleMayerFBGroup

À bientôt,
Dale Mayer

À propos de l'auteure

Dale Mayer est une auteure de best-sellers au classement de *USA Today*, connue pour ses romances militaires sur les forces spéciales, sa série *Psychic Visions* et sa série *Jolis Jardins Maudits*, dans le genre cozy mystery. Ses romances contemporaines sont vibrantes d'émotion et de passion (série *Broken But... Mending*, *Hathaway House*). Ses thrillers vous laisseront à bout de souffle (séries *By Death* et *Kate Morgan*) et ses comédies romantiques vous feront rire aux éclats (*It's a Dog's Life*, une novella hors-série, et la série *Broken Protocols* avec Charming Marvin, le chat).

Elle laisse libre cours aux séries qui lui viennent… dont certaines sont carrément folles, enfreignant toutes les règles et croisant différents genres !

En plus de ses romans de fiction, elle écrit également des textes documentaires dans de nombreux domaines, dont la rédaction de CV, le jardinage de loisir et le système de crédit immobilier américain. Elle a récemment publié la série professionnelle *Career Essentials*. Tous ses livres sont disponibles aux formats papier et ebook.

Contactez Dale Mayer en ligne

Site web de Dale – www.dalemayer.com
Twitter – @DaleMayer
Facebook Page – geni.us/DaleMayerFBFanPage
Facebook Group – geni.us/DaleMayerFBGroup
BookBub – geni.us/DaleMayerBookbub
Instagram – geni.us/DaleMayerInstagram
Goodreads – geni.us/DaleMayerGoodreads
Newsletter – geni.us/DaleNews

www.ingramcontent.com/pod-product-compliance
Lightning Source LLC
Chambersburg PA
CBHW072015210726
48294CB00011B/727